私は元気がありません

長井短

Nagai Mijika

朝日新聞出版

目次

装幀　佐々木俊
装画　矢野恵司

私は元気がありません

私は元気がありません

「いってきます」で目が覚める。ダウンコートのカサカサが顎《あご》を掠《かす》めて、吾郎《ごろう》が出張に出かけるんだと思い出した。できるだけ、瞳《ひとみ》に光が差さないように気をつけながら「いってらっしゃい」と返事をすると、もう一度カサカサが顔にぶつかって離れる。今何時だろう。二度寝の権利を引き摺《ず》り込んで、羽毛布団に深く潜った。次に目が覚めたのは昼過ぎだった。身体《からだ》は重い。お酒を飲んだのは一昨日《おととい》なのに、まだ体内にアルコールが残っている感じがする。「三十越えるとマジどっと来るよ」って言ってたのは三茶《さんちゃ》のどの店の人だったっけ。「わかる〜」とか言ってた去年の私はまだ身体の変化を無視できた頃の私で、もうあの時みたいに気軽にわかるなんて言えないと思った。変化についていけない。だから年相応にもなれなくて、きっと今夜も無茶をするんだろう。わかっていてもやめられないし、それは楽しみでもあった。りっちゃんが泊まりに来るまでにやることは沢山あると気合を入れて寝室から出ると、部屋の中はとても綺麗《きれい》で立つ吾郎跡を濁さず。試しにシンクの排水口の蓋《ふた》を開けてみると、きっちり新しい生ごみネットに替えられている。何故《なぜ》か、取り外したヌメヌメのネットは洗い忘れた鍋《なべ》の中に入ってるけど。前言撤回。立つ吾郎は跡を濁す。吾郎のこういう、あと一歩でゴールしきれないところが好きだ。何に気を取られてこうなったのか聞きたい。帰ってきたら見せようと鍋の写真を撮ってから片付ける。それから締切間近のイラストを描いて、溜《た》まったメールに返事をして、今やれることをとにかくやる。

描いては送って飲みに行っての生活は騙《だま》し騙しながらも七年目。三茶で一人暮らしを始めた頃は、こいつら何で稼いでるんだろうと不思議に思っていた人たちの一員に、今私もなっている。プレゼント交換みたいに右から受け取った仕事を左に回せば、ある程度は食べ続けられた。その程度で十分だった。何か強烈な目標とか、野望があるわけでもないし、なんとなく食っていければそれでいい。他のみんなが何を考えてるのかは知らないけれど、納期さえ守れば私はうまくいった。そういう、先方と友人の中間みたいな輪の中で、フォトグラファーから回ってきたプレゼントが吾郎。「ブランドのルックブックにイラスト欲しいらしいんだけど雪《ゆき》ちゃんの話していい？」「いいよ！」「てか来れる？今飲んでる三茶」「行くわ」家から徒歩数分の馬刺し屋にいた吾郎と私はすぐに先方と友人の中間になって、さらにそこから友人と恋人の中間にもなった。あれから今年で三年。二人で住み始めた小ぶりの３ＬＤＫは笹塚《ささづか》で、遠くなっても私は三茶に通い続けている。メンバーが入れ替わっても、変わらず仕事を回し続ける。ほぼ横ばいの収入を、今年も確定申告に出さなくちゃいけない。だるすぎるからこれはまた今度にしよう。催促されてた請求書を出版社に送って、これでとりあえずは大丈夫。ようやく全《すべ》てが片付いた時には日が暮れ始めていた。オッケー。残るは部屋の仕上げだ。せっかく吾郎が片付けてくれた部屋を、少しだけ元に戻す。クローゼットにしまったコートをソファにファサッとして、洗濯かごに入ってる靴下もリビングにポイッと。千駄ケ谷《せんだがや》で買ったラクダのオブジェは寝室に移動させて、コップを三つ、無・造・作って感じで炬燵《こたつ》の上に置いておく。生活感は足りてるだろうか。最後に、壁に画鋲で止めている吾郎との写真を外した。熱海《あたみ》に旅行した時に、なぜか旅館の女将《おかみ》が撮ってくれたもの。肩を組んで並ぶ私たちは二人して目を瞑《つむ》っている。あの女将、気配がなくてめちゃくちゃ怖かったんだよな。頼んでもいないのに「お写真を撮りましょうね」ってチェキを持って声をかけてくれるのはサービスなんだろうけど、チェックインのタイミングで突然フラッシュを浴びるのは心臓に悪い。セットされた簡易な日本髪が、顔と同じくらい大きいことも意味深だった。写真を撮る直前に吾郎が「絶対見ちゃだめだこれ」って囁《ささや》いてくるのがおかしくて、私だけ吹き出したような顔になっているけどきちんと目は閉じている。お土産用と、廊下に貼る用。否応《いやおう》無しに撮られた二枚のチェキの片割れは、今もあの旅館に貼ってあるだろうか。幸い、霊的な何かは写っていない。「魔除《まよ》けになるよこれ」と言って壁に飾る吾郎に「失礼だよ」って私は言ったけど同感だった。本当は外したくない。これのおかげで食い止められてることがもしかしたらあるかもしれないし。

そうは言っても、この写真の歴史を全て話すことはのろけるってことな気がして、りっちゃんにそれはしたくなかった。親友に幸せな姿を見られることは、廊下でナプキン落とすみたいな気恥ずかしさがあるから。いい歳《とし》して情けないけど仕方なかった。外した写真は無くさないようにリビングの引き出しにしまって、いつもは電球色でつけているリビングの灯《あか》りを昼白色に変更する。食卓机の上になんとなく、不必要にチラシを置いてみたりすれば準備完了。りっちゃんに「いつでもおけ」とラインを入れればすぐに「一回家帰ってから行く」と返事が来た。働きたくないりっちゃんは「郵便局は残業がないからいいよ」っていう先輩の助言を信じてすんなり就職して、もうすぐ十年になる。実際どうなのか知らないけど、こうやって遊び続けられてるってことはあってるんだろう。会うたびに話してくれる常連のヤバいジジイは今月も元気だったかな。

十六年九ヶ月前に、りっちゃんと出会った。高校一年、十六歳の時だった。出会う前の人生よりも、出会ってからの人生の方が長くなるってなんかめでたいけど、そんなつもりないうちにどんどん時間が流れているっていうことの迫力が凄《すご》くて感動できない。そこにあると思ってたあの頃が、気づけば視力検査の気球みたいに彼方《かなた》に浮かんでいる。私とあの気球の間には、木とかビルとか色々あって、直近だと吾郎と旅行した沖縄の海もあるはずだ。でも、いつでも気球は何もない滑走路の先に浮いている。全部あの中にしまわれたんだろう。それがなんとも悔しくて、私とりっちゃんはよく過去を反芻《はんすう》した。授業をサボって食堂にいた時に出会ったこと。そこにアミが参戦したこと。先生が探しにきて机の下に隠れたこと。卒業式で泣けなかったこと。大学に馴染《なじ》めなかったこと。アミが死んだこと。食べては出して、出しては食べて。そうしていれば、いつまでも消化されずに済む。どこかに消えていってしまわないように、きっと今夜も私たちは、吐いて噛《か》んでを繰り返す。

パンパンになったサミットの買い物袋を持って、りっちゃんはうちに来た。部屋着みたいなスウェットとパンツは飲みへの気合の表れで、首元で切り揃《そろ》えられた真っ黒な髪からはシャンプーの匂《にお》いがする。私もお風呂に入っておけばよかった。慣れた手つきで炬燵にお酒を広げるりっちゃんと、おつまみを冷蔵庫にしまう私。キムチ、オクラ漬け、白菜漬け、蓮根《れんこん》の挟み揚げ。メニューは大抵同じで、何を買うかの確認なんて、もう何年も前からしなくなっていた。

「お疲れー」

低い声でりっちゃんはそう言って、私たちは缶ビールをぶつけ合う。

「今日仕事?」

「うん、描いてた」

「家で仕事できんのマジ偉いと思うわ」

炬燵に突っ込んでいた足を引き摺り出して真っ赤な靴下を脱ぐりっちゃんは、壁際に置いた自分のリュックに向かってそれを投げた。さっき私が洗濯かごから靴下を出したのと同じように。

「私からしたら毎日朝起きてんのが偉いよ」

「雪よく遅刻してたもんね」

「うん。無理だった」

「まぁ私は仕事だから朝から行くけどさ、窓口開ける前から並んでる人はマジ凄いと思う」

「でた」

「なんか速達かな？とか思うじゃん。違うからあいつら」

絵を描くのが得意な私と、こなすのが得意なりっちゃん。私たちはお互いに自分の長所を仕事にした。不満はあっても何かを変えたいと思うほどのことではないし、このくらいでいい。適度に遊べる時間とお金があればいい。別にハワイとか行けなくてもいい。だからいつも、ここに並ぶお酒も食べ物も同じだった。うちらはこのくらいでちょうど良くて十分で、こうしていられればいつも通りに元気。

「てかまた吾郎出張？」

「そうそう。福井だって今回は」

「福井ってなんかあんの？」

「知らなーい」

アパレル会社で働く吾郎は頻繁に出張した。私はその度、ここぞとばかりに友達を家に呼んだ。りっちゃんはもちろん、別の友達も。

「今日は朝帰って来ないよね？」

「あはは、大丈夫超確認したから。確実に明日の夕方以降」

あぶねー！と言って、りっちゃんは笑う。私も笑う。二年前、初めてこの家にりっちゃんが遊びにきた時に起きた事件。出張だし、絶対夜まで帰ってこないと思い込んでいた私は呑気《のんき》にりっちゃんと迎え酒をかましてて、そこに届いたライン。「東京駅着いたよ」血の気が引いて画面をそのまままりっちゃんに見せると彼女の顔も即真っ白。大慌てで後片付けを始めたのだ。

「マジで何回思い出しても笑えるわ。あんなに急いで帰ったことない」

「ね。浮気相手のスピードだった」

「それ。えでもさ、うちらが一番足速かったのはあれだよね？」

頬杖《ほおづえ》をつきながら、語尾をググッと持ち上げたりっちゃんが合図。どこからともなく開演ベルが聞こえてきた。

「ブフォ」

わかりやすく、飲みかけていたビールにむせたふりをする。

「ねえ、箱根の？」

りっちゃんの今の言葉に続く台本を、私も持っている。高二の文化祭でやった「黒雪姫」には、私もアミもりっちゃんも出なかったけど、私にはどうすればいいかわかる。

雪　アミのデカフェ

二人　アハハハハ

もう何十回目かわからない。反芻しすぎた思い出は、ほとんど形がわからなくなっていた。

律子《りつこ》「急いで」っつってんのにあのタイミングで「デカフェで」はマジで引いた

雪　いやでもさ、にしても時間かかりすぎだったよね?

律子　確かに。だって三十分くらい時間あったよね?

雪　あったあった。覚えてるよ私。最終のロマンスカーが、確か八時くらいで

律子　マジで走ったよね

雪　あれはほんと世界陸上だった

律子　織田《おだ》の裕二《ゆうじ》

「てか最近織田裕二見てなくない?」

ふっと思ったことを口にすると、急激に身体が帰ってくる。オートで飲み続けていたビールのせいで鳩尾《みぞおち》の辺りが苦しくてブラのホックを外した。深く息を吸えるようになる。りっちゃんのスウェットも胸のあたりがやけに膨らんでいるから、きっと同じようにホックを

外したんだろう。じゃあもういっそ脱いでしまえばいいんだけど、なんとなくお互いにそうはしなかった。

「見てない。何してんだろ」

冷蔵庫からキムチを取ってきて開ける。本当は取り皿も持ってきたいけど、そんなことしたことないからやっぱりやめて、割り箸《ばし》を適当に放《ほう》る。

「なに?調べてんの織田裕二」

「違う違う、男」

「出た〜」

「ちょっと待って」

真剣な顔で入力しているメッセージの送り先を私は知らない。りっちゃんは今、どんな人と一緒にいるんだろう。胸の下を擦《す》り続けるワイヤーが鬱陶《うっとう》しかった。興味ないふりしてキムチを口に入れると、別にこれを今食べたいわけじゃないことに気づく。

「オッケーお待たせ」

雪　それ固定?

普通に「彼氏?」って聞けばいいのに、口から出るのは台詞《せりふ》だった。身体に染み付いている。前に三茶で舞台役者だっていう人と喋《しゃべ》った時に「台詞忘れたりしないんですか?」って聞いたら「忘れても勝手に喋ってんだよ」とか言われて、カッコつけてんのかなって思ってたけどガチっぽい。としたら、私にも役者の才能があるのか？
律子　一応？
雪　ほ〜。いつでも名義貸すから
律子　いや雪の方が必要でしょ名義
雪　まぁそれは時間の問題
二人　ギャハハハ
律子　てか、この間初めて駅弁やったんだけど
へぇ、今回は駅弁か。確か前回は青姦《あおかん》で、その前はなんだっけ。りっちゃんはいつも、新しい猥談《わいだん》を持ってきてくれる。違うシチュエーション。違う体位。今アツいおもちゃ。最終的に起きることはいつでも同じだけど。
雪　マジ?!いいなぁ〜
律子　やんなよ吾郎と
雪　やると思う?!吾郎が
律子　知らないよ。やれるでしょ雪別に巨漢じゃないし
雪　やれないね。あいつ冒険しないから
律子　うっそ〜
雪　そういうとこぬるいんだよあいつ

律子　あははは
雪　でどうだった？
律子　いやぁ〜正直普通？
　ほらね、と思うけれどこの反応は書かれていないから表現しない。
雪　普通なの?!
律子　うん。なんか派手なだけって感じ。あれと一緒だよほら、あの〜
二人　ナゴパイナップルパーク！
律子　ねえなんでハモんの
雪　いやこっちの台詞だわ
律子　……まぁあれは忘れらんないよな
雪　悪い意味でね
　修学旅行で行った沖縄の、二日目自由行動。ガイドブックに載っていたナゴパイナップルパークの写真に「ディズニーランドじゃん！」と叫んだ私たち三班は意気揚々とパークに向かったのに、待っていたのはパイナップル畑を走るただの車だった。子供じゃないんだし、別にそれでふて腐れたりはしないけど、がっかりしたのは本当で、そもそもパイナップルってそんなにたくさん食べるもんじゃない。
律子　結局何回乗ったっけ？

雪　六回だよ、六人乗りだから
律子　そうだマジで馬鹿すぎ
雪　しかも五回目で～？
二人　トッパが吐いた！
※しばらく爆笑
律子　マジで臭かった
雪　ね。パイナップルの匂い全然負けてたもんね
律子　てか、トッパあの後古賀《こが》ちゃんと海行ったってことでしょ？
雪　え待って……そうじゃん！
※各々悲鳴をあげる

今更確認するまでもない、どうしたって忘れられないそのエピソードは、私たちにとってすごく重要なわけではなくて、ただ一番吐きやすい場所にしまってあるだけだった。飛行機対策で大量のストッパを持ってきてたせいで、その日からあだ名がストッパになって、呼び辛《づら》いからトッパになっていった津田《つだ》のことを、自分があの頃なんて呼んでいたのかは思い出せない。あだ名がつくより前から、ずっと津田はトッパだったような気さえする。

そんなはずはないんだけれど。

律子　てかさ……確かに自由行動だけど、普通あのタイミングで呼び出す？しかも海に

雪　海だけどさ、ポジション的には校庭と同じだったからねほぼ
律子　そうそう!うちらの部屋めちゃ見やすくなかった?
雪　見やすかった見やすかった。だからめっちゃ人来たじゃん

夕食前のぼんやりした一時間。「トッパが古賀ちゃんを海に呼び出したらしい」ってニュースはホテルの内線を使って一気に拡散されていった。急いでベランダに出れば、さすがはオーシャンビューホテル。夕焼けで赤く燃え始めた砂浜に、いくつかの人影が見える。みんなで水遊びしてる子達もいれば、カップルで寄り添っている子、走り回る男子。友達の輪郭が、延々続く砂浜に焼き付けられていた。

律子　逆「学校へ行こう!」だったよね
雪　あはははマジでそれ!
律子　んで振られんの早すぎるっていうね
雪　秒だった〜え、てか古賀ちゃんって今どうしてんだろ
律子　見てみるか
※二人、スマホを開く

カーディガンのボタンを全てカラフルでチグハグなボタンに替えて一軍アピールしていた古賀ちゃんは、何年経《た》っても私たちを楽しませてくれる。在学中も別に親しくはなかった彼女の今なんて、正直全然興味ないんだけど、それでもなんか、一応嗅《か》いでおきたいも

のだった。

「え待って、結婚した！」

台本はいつもこんな風に、変化があると自動的に終わる。古賀菜摘《なつみ》の章はまだまだ続きがあったけど、結婚したって新情報は無視できない。

「うそ！いつ？」

「えーっと、二ヶ月前の投稿だわ」

「マジか〜」

「ほら」

クルリとこちらに向けられたスマホを見ると、そこには淡い水色のドレスを着て幸せそうに笑っている古賀ちゃんの姿があった。当然だけどあの頃みたいに、ドレスに付いた石をカラフルに付け替えたりはしていない。

「わ〜凄い」

「ね。なんか迫力あるね」

「そうか〜あの古賀菜摘も」

も、の後に続いた沈黙が、空中に・・・を作り出し、点を追ううち台本へ乗り替わる。

律子　あの、古賀ちゃんだもんな

雪　　そう、あの……

二人　クラッシャー古賀！！！
※しばらく爆笑
律子　え、古賀ちゃんはさ、いつからそんなヤリマンだったの？
雪　私だって知らないよ！
律子　高校ん時彼氏いたっけ？
雪　いや、いなかったと思う
律子　てか誰から聞いたんだっけそもそも
雪　アミだよアミ。あいつだけは同窓会とかちゃんと行ってたじゃん
律子　そうだ
雪　なんかほら、1Bのいつメンでカラオケ行って、そん時相談されたんじゃなかった？
律子　川田《かわだ》さんだっけ？
雪　そう。川田さんの元カレと古賀ちゃんがヤって、
律子　川田さんが原《はら》ちゃんに相談したら原ちゃんの元カレともヤってて
雪　元カレ誰だっけ？
律子　えーっと、長谷《はせ》と、
雪　委員長だ。ってことは、古賀ちゃんは長谷と委員長とまずヤって
律子　あ、もう無理図にしよ

※雪、紙とペンをとってくる。悪意ある誇張をしながら相関図を描き出す
律子　そのカラオケで岡部《おかべ》に迫り出したんだよね
雪　そうそう。で、それ見てる遠山《とおやま》が怯《おび》え出して
二人　遠山も黒

初めて図にした時は描くのに時間がかかった似顔絵も、今ではすらすら描くことができる。この図はいつも、飲み会の終わりに冷蔵庫に貼って、吾郎が帰ってくる前に捨てる。もしあれを、ずっと貼りっぱなしにしていたら、冷蔵庫は今どのくらいの厚みになっているだろう。


雪　やっぱ凄いよ古賀ちゃん。マジでやる気ある
「古賀ちゃんの結婚式ってヤバそうじゃない？」

もっと描き込もうとしていた手が止まる。りっちゃんが急に今の話をし始めるから、私はここに何を描けばいいのか全くわからなくなってしまう。

「確かに。うわ気になるな……誰か結婚式行ったかね？」

「いやぁ〜クラッシュしたし呼ばれてなさそうじゃない？」

アミが言うには、飲み会を重ねるごとに古賀ちゃんと関係を持つ男子が増えていって、なんか全員気まずくなって、まず男子が怖がって来なくなったらしい。ヤることヤって怖いってなんだよと思うけど、自分が全く特別じゃないってことはもしかして、みんなにとっ

てショックだったのかもしれない。女子も女子で古賀ちゃんを恐れ始めて、あとはもう自然消滅。せっかくの同窓会なのに可哀想《かわいそう》だったと、アミは他人事《ひとごと》みたいに言っていた。

「そんなもんかぁ」

「雪はどうなの？吾郎と結婚とか、話す？」

「吾郎とねぇ」

うんうんって、三本目の缶ビールを開けながらりっちゃんはこっちを見ている。ベルの音は聞こえない。

「まぁ、そうだなぁ」

「うん」

「けっ、こん」

雪　**でもなんかぁ**

さっき終えたはずの台本に、気づけば引き戻されていた。これはいつ書かれたものだっけ。窓に映る自分達の姿が映画のワンシーンのように見える。何度も何度も見たそのシーンは僅《わず》かに記憶と違っていて、自分の丸まった背中が少し、分厚くなっていると気づいた。

雪　**普通に考えにくくない？結婚**

律子　**まぁね**

雪　**でもあいつ急に極端なとこあるから怖いわ**

律子　あはは

雪　また絶対、なんか断れない感じで仕掛けてくると思うんだよ、プロポーズも

律子　セフレから大ジャンプだもんな

雪　え、あれやっぱ狡《ずる》くない？

律子　まぁ狡い、っていうか上手《うま》い

雪　「もう遊ぶのはやめてさ、ちゃんと雪と付き合っていきたい。だから一緒に住もう」だよ？

律子　堅い堅い！

雪　「一緒に生きていきたい」

律子　重い重い！

雪　しっかりコンビニでコンドーム箱買いしてきた奴《やつ》が何言ってんだよって

律子　でもそれで実際ちゃんと付き合ってるわけでしょ？吾郎も雪も

雪　いやだってさ、その状況で「付き合うけど今まで通り遊んだりはするかも〜」とは言えないでしょ

律子　無理だわ流石《さすが》に

雪　でしょ?!

律子　いやでもすごいと思うよ。偉いし、そうやってちゃんと吾郎の為《ため》に変わるって

雪　まぁね？
律子　ちゃんと良い子にしてるわけでしょ
雪　そりゃそうだよ、きちんとお付き合いしましょうって決めたんだから
律子　おぉ～
雪　……ここ捲《めく》ってみて
※律子、炬燵の裾を捲る
律子　出たよ！
雪　アハハハハ！

あらかじめ、埋めておいたのはフィンガークロス。こうしておけば嘘《うそ》をついても大丈夫って、海外ドラマで習ったのは十七歳の時だった。

律子　まぁ無理だよねうちらは
雪　無理だよ、覚悟なんて別にないし

フィンガークロスで嘘が許されるんだとして、じゃあこの十字架自体が偽物だったらどうなるだろう。りっちゃんに向かって真っ直《ます》ぐ十字を掲げる姿が、窓の中に収まっている。あれは私なのに、勝手に動き出してしまいそうで怖かった。彼女の方がずっと、何を言えばいいかわかっている気がする。伝わってくる冷気が嫌だってふりをして、とっくに閉じてるべきだったカーテンを閉じた。昔観《み》に行った歌舞伎《かぶき》？みたいなやつで、休憩前にカラ

フルな幕が右から左にさぁっと引かれたのを思い出して、私もそろそろ休憩したい。上演時間はもう三時間を超えていた。

六本セットの缶ビールは、全て空になっていた。台詞の進行と小道具の消費ペースはほとんど完璧《かんぺき》と言っていい。りっちゃんの顔は少し赤くなってきていて、私もちょっと身体が重たい。一度無意味に酎《チュー》ハイを挟んでから、いよいよ大本命マグナムワインの開栓に私たちは歩み出す。

「とってきて」

「やだあんたの家じゃん」

「じゃんけん」

ぽん！ で負けたのはりっちゃん。文句を言いながらキッチンに向かう背中になんとなく靴下を投げると小さく舌打ちが聞こえた。それが合図みたいにスマホが光る。

飲み会楽しんでる？こっちは寒いけど気持ちがいい～蟹《かに》が有名らしいから買って帰る！

吾郎からのラインだった。様子を送ってあげようとロックを解除すると、さっきまで見ていたフェイスブックが飛び込んでくる。もう何年も、なんの投稿もしていないこのアプリを消さずにとっておいているのは、ただこの夜の為《ため》だ。十数年前には毎日賑《にぎ》やかだったホーム画面は閑散としていて、誰かも思い出せない謎《なぞ》の男性しか更新を続けている人はいない。マイページに飛んでみると、プロフィールは大学時代で止まっていた。私は一体、いつから更新してないんだっけ？　それを確かめるため、っていう体で、スクロールを続ける。本当の目的は他にあることを私は知っているけれど、三茶の舞台役者が「毎回、今日が初めてみたいな気持ちでやるんや」と言っていたから。だから、何も覚えてないふりをして、十年分の「ＨＢＤ：）《ハッピーバースデー》」を見送っていけば。

結局こいつらと年越し～64のせいでカウントダウン忘れたのマジばかｗｗｗ来年は絶対やらないｗｗｗ

それは、私とりっちゃんをタグ付けして、アミが投稿したもの。２０１２年12月31日。え～こんな投稿あったっけ～とは流石に口に出さないけれど、私はただその画面を見つめたまま固まる。りっちゃんが、受け取ってくれるのを待つ。

律子　見た？

雪　見た

年を三人で越したのはこれが最後。この年の春にアミは車に撥《は》ねられて死んだ。「彼氏作って一抜けするのは絶対私」とか言ってたアミは、全然違う理由で一抜けて、宣言通り来年はやらずに済んだ。バッカみたいで、別に言葉は見つからない。

律子　やめなってそれ見るの

雪　うんでも、急に出てきちゃうんだよ

律子　嘘だぁ
雪　うん、嘘だけど。うぅ～
呻《うめ》き声をあげたって、私は役者じゃないから顔はカサカサ。出ていってくれない涙の分、私はもっと声を出す。
雪　うぅ～
律子　うぅ～
雪　うぅ～
律子　うぅ～
気づけばりっちゃんの顔も、同じ色に照らされていた。彼女の顔も乾いたまま。二人揃って涙を流したのは、お葬式の日が最後だった。むちゃくちゃ人が来てて、私たちが知らないアミがこの世界には沢山いるんだって思い知ったあの日。なんかそれすら悔しくて、うちら以外の友達全員憎くて、だからお通夜で全テーブルのいくらを盗んで冷たいアミの真上で食べた。「いいでしょ～」って自慢する声は次第に膿《う》んで、いくらが割れるたび涙が出る。あの日から、いくらを食べていない。
律子　あー
雪　あー
律子　あー
もうすぐ十年経つ。私たちは同じ声を上げようと懸命に意識を集中させる。画面を見れば見るほど目は乾いて霞《かす》んでいく。こんなことしても絶対アミは蘇《よみがえ》らない。喜びもしないだろう。それでも毎回、投稿を見て呻くのは、ほとんど儀式のようなものだった。

律子　だめだね、こんなことしてちゃ

雪　　ほんとだよ

乾燥した鼻を啜《すす》る。どちらともなくワインの栓を抜けば、密閉されていたアルコールが部屋の中に広がって、現実に戻る。

律子　むっちゃくちゃ飲みたくなってきた

雪　　私も。あれを超えたい

律子　伊豆?

雪　　そうそう

律子　てかマジで、あん時なんで64持ってきたんだよ

雪　　いやだって、うちらと言えばじゃん

律子　としても旅館に64は頭おかしいわ

瓶に直接口をつけて流し込む。そのままテレビ台から64を引っ張り出せば、りっちゃんが「出たよ〜」と天を仰ぐ。それを無視して「いくぞぉ〜」と言いながら電源を入れる。一発で起動してくれないところが、私たちよりずっと生き物らしく思えた。

「前回どこまで行ったっけ?」

「ストーリーモードじゃなかった？」

「うわーそうだなんかコイン何千枚か集めなきゃいけないんだよね？」

「そうだ～」

雪　これ一生ミニゲーム出せないんじゃないの？

律子　マジで何年やればいいんだよ
雪　私これ八歳の時だからねもらったの
律子　サンタからでしょ？

雪　そうそう
二十四年もののNINTENDO64とマリオパーティ。いつだって真剣にゲームをやっているけれど、一向に最後の隠しミニゲームは出せそうにない。それでもこうやって、二人で頑張っていたい。なんの意味もないこの時間をずっと繰り返したい。その思いとは裏腹に、胃のあたりはずっしり重くて今すぐにでもトイレに駆け込みたかった。

「これ吾郎とやったりしないの？」

「しないね」

「やればいいのに」

「吾郎とは普通にスイッチやるから」

「あ～そういうね」

「そうそう」

雪　こういう楽しみ方できる人じゃないんだよあいつは

ワインが溢《あふ》れてきそうでもう無理。私はできるだけ自然な感じで「トイレ〜」と言って、全く焦っていませんよ?と背中で語る。ゆっくりリビングを出る。玄関のすぐそばにあるトイレに入って、跪《ひざまず》いて、左手で髪をまとめる。ここまできても気は抜けない。「ウォエ〜」なんて音を出したら吐いてるってりっちゃんに気づかれちゃうから、とにかく音が出ないように慎重に指を差し込んだ。私の思いに身体も気づいて、ゲロはゆっくりと食道を迫《せ》り上がる。喉《のど》を通って口に出て、便器の中にゆっくり落下。あまりにもスローなゲロの動きにイライラする。あ、また来る。胃の中から塊が、ゆっくり押し出されて登ってくる。私はただ口を開けたまま出現を待つ。ボトン。こうして跪いていれば永遠に出せそうだけど、あんまり長居するとりっちゃんにバレてしまうから。もっと吐きたい気持ちを堪《こら》えてトイレを出た。何も食べたくないけれど匂いを味で消したくて、冷凍食品をチンしてみる。そのまま距離をとってゲームを見つめる。

「いいにお〜い」

りっちゃんは、私が吐いたことに気づいているだろうか。画面から目を逸《そ》らさずに、淡々とサイコロを振り続ける後ろ姿は一見あの頃から変化なしだけど、分厚いトレーナーの下にある肉体は少しふくよかに見えた。

下半身だけ異常に暑くて目が覚める。散らかり倒したリビングの中で、りっちゃんはぼんやりスマホをいじっていた。

「何時」

「十二時」

「うーわ」

昨日も結局隠しミニゲームは出せなくて、腹立ちをポケモンスタジアムにぶつけた。それで、確か二人で横になりながらなんか喋って、ワインが空になって、終わり？　私何喋ったんだろう。昔なら同じ量を飲んでも記憶は全然あったのに、年々思い出せなくなっていく。それをりっちゃんに告白できないのは今日も同じ。気持ち悪いし頭痛いけど、でもちゃんと、いつも通り飲み会を完璧に終わらせたいから。

雪　よし飲むか

律子　迎えるかぁ

飲むかって言っただけでもっと気持ち悪くなる。ひとまず寝起きのトイレですよ？って感じで直行、もちろん座らず跪いて汚そうな指を口の中に突っ込んだ。ゆっくり。ゆっくり。ボトッと落ちたゲロは赤くて、でもなんかすごい固形で、何を食べたらこうなるんだろう。おつまみくらいしか食べてないのに、体内で錬成されたその塊は油を纏《まと》ってるみたいにテカテカしていて気持ち悪い。これ見ながらならなんぼでも吐けますわ。吐いては拭《ふ》いてを繰り返すうちにトイレットペーパーは空になった。補充のために立ち上がると、さっきまでは見つからなかった別の固体を体内に感じてもう一度吐く。これなんだよマジで。

「りっちゃんビール？」

「もち」

カーテンを思いっきり開けて窓も一緒に開ける。差し込む日差しと抜けていく風が気持ち良くて、少しだけ気分が良くなった隙《すき》にえいやとビールを流し込んだ。

律子　効く〜

雪　　まっじで効く

律子　片付けるかあ

「えいいよそのままで」

「そんな寂しいこと言わないでよ」

咄嗟《とっさ》に飛び出た思いやりは、りっちゃんを置いていくには十分で、それに寂しいとか言えちゃうくらいにりっちゃんも今限界なのかもしれない。めちゃくちゃしんどい。

「嘘だよやれよ」

「なんだよ〜ちょっと見直したのに」

私が食べ物、りっちゃんが飲み物。昨日の余韻はあれよあれよとゴミになる。

雪　ねえこれ忘れてたんだけど！

芝居がかった大声で冷凍ピザを引っ張り出せば、エピローグが開演する。

律子　ねえ〜！それめちゃくちゃ食べたかったんだけど！

雪　いや言えし

律子　え言いにくい

雪　は？絶対嘘じゃん

律子　言いにくいよ……お客さんだもん……

雪　一っ回も思ったことないでしょそんなん

律子　あバレた？

雪　バレるわ普通に。どうすんのこれ。食べる？

律子　いや今はいらない

雪　それ昨日も言ってなかった？

律子　言った

雪　本当はいらないんじゃないの？食べたいのこれ？

律子　食べたい！

雪　じゃ食べなよ

律子　今はいい

雪　ねぇー！
律子　次までとっといて
雪　いや邪魔だから
律子　吾郎と食べちゃっていいよ
雪　食べないよあいつこれ
律子　なんで？
雪　美味《おい》しくないからぁ〜とか言うんだよ
律子　めんど！

　台詞に合わせて身体を動かし続ければ、部屋は大体綺麗になって、さっきまで澱《よど》んでいた空気もほとんど入れ替わったようだった。広くなったリビングで二人、今度はソファに座ってテレビ見ながらビールを飲んで、あとはりっちゃんのタイミングでこの飲み会が終わるのを待つだけ。今回も楽しかったねってなんとなく感想戦しながら、次は絶対クリアしようねって一応誓い合ってみたりして。

「じゃ、また出張の時教えて」

「うん。りっちゃんの家も行かせてよ」

「いや、これは雪の家でやるもんじゃん」

「ずるくない?!」

「あはは。まぁそのうちね。じゃまた〜お疲れ〜」

「気をつけてね」

バタン、とドアは閉まる。さぁ思う存分吐いちゃうぞ。トイレに入るとさっき替えたばかりのトイレットペーパーはまた空になっていて、そのままそこに座り込んだ。

隠しておいたデカいポカリを持ってベッドに沈み込んでから、どのくらい時間が経っただろう。気持ち悪さで意識が冴《さ》えてくるたびに、今見ていた光景が夢だと気づく。今、りっちゃんと大喧嘩《おおげんか》して私は泣いているけどなんだこれは夢だ。今、吾郎と大喧嘩して私は泣いているけどなんだこれは夢だ。今、急に前歯が抜けて終わったと思ったけどなんだこれは夢だ。その度安心してトイレにゲロを吐きにいく。こんなになるまで遊ぶのはもうやめようって何度思ってもゲロと一緒に流れてしまうから反省は一向に刻まれないままだった。何度目かにトイレに行った時、リビングの方に人の気配がして、吾郎が帰って来たんだとわかる。おかえりくらい言いたいけれどそんな元気はまだなくて、そぉっとバレないように寝室に戻った。次に目が覚めた時、家の中は鍋の匂いで満たされていて、ってことはもうすぐ吾郎が私を起こしにくる。喉はカラカラで、だけど抱いてるポカリはもう空だった。あれだけ吐いたんだから当然だろう。リビングに行けば、飲み物はいくらでもある。でもそこまで行くのが億劫《おっくう》で、それは肉体のせいだけじゃない。いつだって、りっちゃんと飲んだ後は吾郎に会うのが後ろめたくて、彼が迎えに来てくれるまでここから動けない。何も悪いことはしてないけど、こんな姿を見せるのが恥ずかしいし、それにやっぱり悪いことはしてるんだろう。台詞で言った吾郎の悪口が脳内でどんどん再生される。少しでも楽になりたくてベッドの中で冷たい場所を探すけれど、こもった布団の中はどこも生ぬるくて、手足を外に投げ出す以外方法はなかった。早く迎えに来てほしい。すぐそこにいるんだから。耳を澄まして、二枚のドアの向こうにいる彼の気配を探ってみる。時々、歩き回る音が聞こえる。水を流す音が聞こえる。今料理はどの段階だろう。こんなにいい匂いがしているのなら、完成はもう間近なはずだ。それでも、吾郎は一向に寝室に来なかった。いよいよ喉の渇きに耐えられなくなって、一思いに羽毛布団を捲ってみる。私を覆ってくれるのは臭いパジャマ一枚だけだと思うと無性に不安になって、寒くもないのに部屋着のカーディガンを上から羽織った。一応顔くらい洗ってから行くか。皮脂を水で濯《すす》ぎ落として顔を上げれば幾分かスッキリして、瞼《まぶた》がしっかり持ち上がる。なのに鏡に映った自分は分厚い眼鏡とむくみのせいでおじさんみたいだった。え、こんなに？　こんなに影響がありますか？　たった一晩で？　同棲《どうせい》して二年と言えど、流石にこれを見せるのは恥ずかしい。でもコンタクトを入れる元気はない。幸い、お酒のおかげで唇だけは可愛《かわい》く真っ赤に染まっているから、ここと、寝癖でウェーブした髪の毛だけ見てもらえますようにと都合よく考えながらリビングのドアを開ける。

「おかえり〜」

「あ、おはよう」

まだできあがっていないと思っていた鍋は綺麗に炬燵の上に乗っかっていて、吾郎はそこで一人食事を始めていた。なんで？　いつもなら、できたら絶対声をかけてくれるのに。

「鍋ありがとう」

「うん。食べる？」

「あーうん」

食欲はあんまりないけれど、今すぐ食べないと声をかけてくれなかったことへの不安がますます膨れ上がってしまいそうだった。吾郎のことだから、きっと深い意味なんてないんだろう。ものすごくお腹《なか》を空《す》かして帰って来たのかもしれないし、私がよく眠っていたからかもしれない。

「何鍋だっけ？」

「蟹蟹ー」

食器を持って炬燵に入れば、すぐに吾郎はよそってくれる。湯気が洗い立ての顔にぶつかると、毛穴は一気にそれを吸い込んだ。身体中が乾燥している。それにきっと胃の中だって空っぽなはずだ。それなのに、匂いを嗅いだり湯気を浴びるばかりで食べ物は口の中に入らない。まだ食事をする気分になれなかった。でも、せっかく作ってくれたんだし、しかも蟹鍋だし、早く美味しい美味しいと言いたい。

「熱そう」

そう言ってスプーンに息を吹き掛けると、吾郎は視線をテレビからこちらに向けて、まじまじと私を見つめた。

「食べれる？」

「冷ませば」

「じゃなくて、起きたばっかりだし。無理しなくていいよ」

「ありがと。でも食べたい～」

「自信作ではあるよ」

入念に冷ました葱《ねぎ》を口に入れると、美味しいが口の中に広がる。凄い。これは確かに自信作だ。

「見てて」

昨日まで家になかったはずの蟹スプーンを掲げてから、吾郎は真っ赤になった蟹の脚にそれを差し込んだ。「こうやって～」とか言いながらぐりぐりすると、綺麗に身が引き出される。その手際の良さも、自宅で蟹の中身をほじくっているってことにも、普段ならしっかり興奮できるはずなのに、私の身体はまだ眠っているようで適切なリアクションを取れない。

「すごーい」

「うまいでしょ? 地元の人に教わったんだよ」

吾郎の皿にぼとりと落ちた蟹の身は、彼のお箸に挟まれてこちらにやってくる。笑顔で口を開けけば、垂れ下がった身の先端が入ってきた。

「あふ!!」

「ごめんごめん」

口を閉じた拍子に、蟹は炬燵に落ちてしまった。殻から離れた蟹の中身は、置かれてるだけじゃ何なのかよくわからなくて、こんな姿にしてしまったことに罪悪感を覚える。一つ感じればあとは一瞬だった。昨日の夜のことも、今ここで自分が楽しく鍋を食べれないことも、また二日酔いなことも、全部に申し訳なさを感じてしまう。蟹鍋なんていうレアイベントですら楽しく過ごせないような人間に、一体何ができるというんだ。

「ごめん」

「大丈夫、これは俺《おれ》が食べちゃお〜」

「いやそうじゃなくて、ごめん」

「え?」

目を大きく見開いて、小首を傾《かし》げる吾郎は一見いつも通りのようだけど、顔にはしっかり疲れが見えた。当然だ。それに、黒目がなんかバキバキしている感じがする。

「怒ってる？」

「なんで？」

「だって、せっかく作ってくれたのに、私二日酔いで元気ないし、全然楽しく食べれてないし」

「そんなの気にしなくていいって」

「いやでも、蟹鍋だよ？もっと楽しく」

「雪、俺いつも言ってるよね？」

お箸を置いた吾郎はテレビを消す。沸々煮える鍋の音が鮮明に聞こえてきて、いつ沸騰してもおかしくなさそうな気配は人間と鍋、どちらのものなのかわからなくなりそうだ。

「雪が楽しそうにしてなくても、俺はマジで何も気にならないんだよ」

「……本当に？」

「本当に。楽しい気分じゃないなら楽しそうにしなくていいし、そのまんま、気分通りにいてくれたらいいから」

「でもせっかく作ったのにつまんなそうに食べられたら悲しくない？」

「悲しくないよ。嘘つかれる方がずっと悲しい。それに、楽しく食べなくたって美味しくない？これ」

それは本当にその通りで、元気も食欲もなくても美味しいと感じるくらいこの鍋は美味しい。だけど、だからこそ恩に報いないとみたいな気持ちになることを、吾郎は全然わからないみたいだった。いつもそうだ。映画を観に行って楽しめなかった時も、飲みに行って楽しめなかった時も、休日に二人でダラダラ洗濯することを楽しめなかった時も、吾郎は「別によくない？」と言った。「楽しさってそういう風に迎えにいくもんじゃないと思うし、俺は楽しくないを、正直に、二人でやれることだって嬉《うれ》しいんだよ」って。私はそういう彼の考え方を、なんかわかんないけどめちゃくちゃに馬鹿デカいなって感じていて、そんな風に自分もなりたいと密《ひそ》かに思う。もしそうなれたら、りっちゃんと台本を繰り返すこともなくなってしまうだろうけど。

「美味しい」

「よかった。だったらそれで十分だよ。好きなように食べな」

「そうだね、ごめんね何度も言わせて」

「いいいい。わかるまで言うから」

ピリッとしたものの言い方に違和感がある。それを飲みこむように、すっかり冷めた鍋を頬張った。美味しい、でも、やっぱり今は食べられそうにない。

「ごめんやっぱ、後で食べるわ」

「オッケー」

カチン、とカセットコンロの火が消えて、吾郎は炬燵から身体を出した。そして、私のことをじっと見つめる。

「ん？」

返事はない。バキバキに見えた目は勘違いじゃなくて、元々大きめの黒目がいつにも増して大きく見える。

「あ、ごめんね？せっかく作ってくれたのに。後でしっかり美味しくいただきます」

「うん。好きなタイミングで食べてね。で、俺に言うことない？」

えっと……だから、せっかくなのにごめんねってことではなくて？ 鍋を作ってくれた愛情を、突っぱねるようなことになって申し訳ないと、私は本当に思ってる。

「鍋はもういいから本当に。そうじゃなくて、俺に言うことあるんじゃない？」

バキバキの目は微動だにせずこちらに向いていて、光が差した瞬間に焼かれてしまいそうだ。そうまでされても、何を言わせようとしているのかさっぱりわからない。今日はなんの記念日でもないし、吾郎の誕生日はまだまだ先だ。こんなに怒っている姿は見たことがなかった。てか吾郎って怒るんだ。知らなかった。ため息が聞こえて視線を吾郎に戻すと、彼は最後の審判でも下すみたいに天を仰いでから口を開く。

「いいのね。俺から言うよ」

「うん」

「これ。どういうこと？」

吾郎が指さした先はただの白い壁。そこに画鋲《がびょう》がポツンと刺さっているのを見て何もかもわかった。

「あ、あー！」

「うん」

「あー！違う違う違う！」

すっかり全部元通りにしたつもりが、戻すのを忘れていた。そういうことか。二人で旅行に行った時の写真。それを外されていたら……はは〜ん全ての謎が解ける。吾郎はいつ写真がないって気がついたんだろう。鍋タイム中もずっと、この壁のことを考えながらやりとりをしていたのかと想像すると、申し訳なさと同時に少し面白かった。

「は？笑ってる？」

「いやごめん笑ってない」

「笑ってるよね絶対」

違うのいやでも違くないか口角上がっちゃってる。でもそれは、これが本当に誤解で吾郎が心配するようなことは何もないっていうことの証明でもあるのだ。

「ごめん、これは本当に違うの」

「違うの、で納得させられると思ってる？今自分が何をするべきかわかんない？」

僅かに発生していた湯気はいつの間にか消えていた。吾郎があまりにも怖いから、鍋も空気を読んだらしい。私もちゃんと空気を読んで、誤解を解かなきゃいけない。いやでも待って、楽しくないなら楽しそうにしなくていいって言ったさっきの吾郎はどんな気持ちだったんだよ。今考える必要のないことをついつい考えてしまうのは、まるで本当に後ろめたいことがあるみたいだ。いやまぁ後ろめたいけどりっちゃんとの会話は。でもそれとこれとは別の話で、とにかく吾郎の質問に集中する必要がある。

「せめて自分から言ってくれるかなって、別にそれで許せるとかじゃないけど、でもせめてって思ってたのにその『せめて』も雪は持ってなかったんだね」

「ごめん違くて」

「寒い」

立ち上がった吾郎に食らいつく間も無い。出て行っちゃったらどうしようと思ったけれど、ダイニングに置きっぱなしのフリースを羽織りに行っただけだった。

「聞いてくれる？ちゃんと説明するから」

「はい」

怒りを逃がすように部屋の中をうろうろし続ける吾郎に照準を合わせながら、私はゆっくり説明する。

「写真外しちゃってごめんね。でもこれは、浮気してるとかじゃないの。昨日はりっちゃんが泊まりに来てた。来るって話したよね？」

「うん」

「本当にりっちゃんが来てた。えっとね……これ。見て」

写真フォルダを開いて、昨日の写真を表示。惰性《だせい》で撮影しておいて本当によかった。吾郎に手渡すと、ようやく彼の足は止まる。

「ちゃんと日付もあってるでしょ？りっちゃんの写真は前も見たことあるよね？」

「うん」

「で、ここに写ってるワインが」

念には念をで、今朝まとめたゴミの中からマグナムワインの瓶を取り出す。

「これ。ね？ちゃんと昨日でしょ？もしあれだったら今電話しようか？」

「いやいい」

我ながら、迅速かつ強度のある証明だったと思う。ゴミをりっちゃんに任せなくて本当によかった。まぁそんなこと一度だってしたことはないんだけど。

「信じてくれたかな？」

見つめていたスマホを置いて、吾郎は鞄《かばん》を開ける。離婚届を出されるみたいなタイミングで取り出されたのは新幹線で買ったっぽい柄の緑茶で、吾郎は一気にそれを飲んだ。ゴクンゴクン。それと一緒に私の証明も、彼の体内に吸収されていきますように。

「なんで写真隠したの？」

「え？」

「りっちゃんが来たってとこまではわかった。で、なんで？」

「いやだってー、なんか照れ臭いじゃん」

肩を丸めて照れてみせる。如何《いか》にも馬鹿でございますよ？　ここに阿呆《あほう》が一人おりますよ？ってちょけても吾郎は乗ってこなくて、むしろまた歩行を再開してしまった。

「何が？」

「写真見られるの」

「なんで」

「なんでって……なんか、友達にこういう、普段見せてない面見られるのって恥ずかしくない？」

「俺は恥ずかしくないけど。普通の写真だし。それに一緒に住んでるの知ってるんでしょりっちゃんは。今更何が恥ずかしいの？」

吾郎が言ってることは正しい。でも、だって本当に恥ずかしいんだもん。そうとしか言えない。

「ていうか、りっちゃんだってわかったから『あ、じゃあ大丈夫だね』ともならないしね。実際隠してるわけだから、りっちゃんと何かあるかもしれないじゃん」

「それはないよ。マジで友達」

「どう信じろと？」

そんなの、そんなのずっと今までも話してきたじゃない。私とりっちゃんのこと。それからアミのこと。この人は、私がずっと嘘をついてきたとまで疑い始めてるの？　そう思った途端、自分の中に新しい感情が生まれ始める。

「何度も登場してるよね?話の中に。りっちゃん、アミ、高校の友達」

「そうだね」

「信じてなかったの？」

「いや信じてたよ」

「だからその通りだよ。友達なの。仲良し三人組。今二人だけど」

吐き捨てるようにそう言えば、吾郎の歩みは止まって踏み込みが少し浅くなったのを感じた。こんな風に話したいわけじゃない。悪いのは私だ。全部わかっていてもコントロールできないことを何かのせいにしたくて、今度は私が冷蔵庫まで歩いてみる。冷やしておいたポカリを飲むと少しだけ、逆ギレから距離をとれた。

「わかったよ。昨日来たのはりっちゃんで、りっちゃんと雪は友達。わかった。でもさ、それはよかったけど、そのせいで俺がまた、新しく傷つくことは雪わかる？」

「どういうこと？」

「浮気相手が家《うち》に来るから写真を隠すのはまぁ、最悪だけどわかるよ意味が。でもそうじゃないわけでしょ？家に親友が遊びに来て、写真を隠したんだよね？何それ、俺、そっちの方がきつい」

空っぽになった緑茶のペットボトルがペキッと鳴って、彼が今、それに摑まることでやっと立っていられるんだとわかった。

「俺が恥ずかしいですか？」

私をまっすぐ見つめる吾郎の、いつも重たげな一重瞼がいつにも増して重そうで、涙が上瞼に溜まっているみたいだ。それでもきちんと私の目を見る彼の勇気とか誠実さに、ますます昨夜が後ろめたい。ごめん吾郎、違うの本当に。黄色いはずの彼の肌がアイドルみたいに白くって、どれほど憔悴《しょうすい》したのかわかる。何より先に温めたくて、急いで彼の手を取りに行く。

「恥ずかしくないよ！」

「じゃあなんで？」

「吾郎が恥ずかしいとかじゃなくて、私が照れ臭かっただけなの」

だからなんで？って吾郎は聞いてきて、だからとにかく照れ臭いの。授業参観みたいな感じ？　あと、親と出かけてる時にクラスメイトと会っちゃう感覚とも似てるかも。そういうのあったでしょ吾郎も。ほら、初詣《はつもうで》の時とかさ、自分だけ親と行ってて、友達と来てる集団に会っちゃうと、なんか恥ずかったじゃん。でもそれって、親が恥ずかしいとかとはまた別でしょ？　なんか気まずいっていうか、どっちかっていうと自分が恥ずかしいっていうか。

「それ全部子供の時の話だよね」

ピシャリ。矢継ぎ早に例えを繰り出していた私を、吾郎は一言でねじ伏せる。子供の時の話、です。私の掌《てのひら》に包まれている吾郎の手は冷たいままで、私の手まで冷えていきそうだ。

「そうだけど」

「俺も子供の時にはあったよそりゃ。彼女とイオン行った時に友達と会うと恥ずかしかったし」

まさにそれ。私も映画館で鉢合わせちゃって恥ずかしかった。

「でも今は恥ずかしくないよ。どこで誰にばったり会っても」

視界に突然奥行きが生まれる。目の前に立っているはずの吾郎がずっと遠くにいるみたいで、それはあの、眼科検診の気球に似ていた。

「いいな」

「なにが？」

「そういう風に思えるようになって」

「それ本気で言ってる？」

「うん」

「俺には、羨《うらや》ましがってるみたいに振る舞ってるけど実際は何も思ってないみたいに見えてるよ」

そんなことない。これは本音のはずだ。だって制御が利かないんだから。

「この際だからもう、ちゃんと話そう。いい？」

吾郎はそう言ってソファに座る。そして隣をポンと叩《たた》く。でも私は、身体の中から氷柱《つらら》が生えちゃったみたいにここから動くことができない。

「りっちゃんが泊まりに来るの、付き合ってから何度かあったよね。俺はそれ、全然嫌じゃないし、俺がいない間に雪が友達と楽しく過ごしてるのは嬉しい。でも、ちょっとなんていうか、コンディション崩しがちじゃない？りっちゃんと遊んだ後って」

「それは、二日酔いってこと？」

「うーん。ていうか、そうなるまで飲んじゃうのってりっちゃんとばっかりじゃない？そこまで二日酔いにならないじゃん三茶の後とかは」

あはは。よく見てるな吾郎。そうだよ。他の人とだったらこんなになるまで飲んだりしない。自分のキャパはとっくにわかっているし、衰えだって感じてる。でも飲むもの。飲まなきゃいけない夜があるの。そういう伝統みたいなの、ときどき大事にしたって良くない？

「そだね。でも、ちゃんとわかってやってるっていうか、ズタズタになりに行ってるから」

「ちょけないで」

「ちょけてないって～」

ソファへ走って甘えたように倒れ込んでも、一向に吾郎の掌は降ってこなくて、ちゃんと話すっていうのは、こういうのを挟まないってことなんですか？　そっと顔を上げると、すぐに視線はぶつかる。

「続けていい？」

あ、はい。

「俺も酒は飲むし、それこそズタズタになることあるから、別に二日酔いとかはいいんだよ。でも俺が言ってんのはそうじゃなくて、精神的に不安定になってるってことを言ってるの」

「え、そう？単純に気持ち悪くて静かだったりするだけじゃない？」

「静かとかってことじゃないんだよなぁ」

考え込むように腕を組む吾郎の顔に、もう怒りの色は見えなかった。私はそれに少しホッとする。身体の中はまだ冷たいままだけど。

「これ食べれないことをさ、ものすごく謝ってくれたじゃん。反省してたし。でも俺、全然気になってないんだよ。で、雪も俺がそういうの気にしないことをもう知ってるじゃん。だから普段だったらあんなに謝らないと思う、ていうか謝らないようになった、雪は。なのにむちゃくちゃ謝るからさ、まぁ今日に関しては浮気したからその罪悪感を鍋に押し付けてんのかなって思ったけど結局そうじゃなかったじゃん」

「ラップかける？」

「いいから聞いて。なんていうか、付き合ってから雪はどんどん、楽しいふりとか嬉しいふりとかをしないようになってくれてて、俺はそれが嬉しいし、雪にとっても良いことなんじゃないかなって思ってる。でもりっちゃんと遊んだ後はそれが元に戻ってる感じがするんだよ。そうそれだ！」

瞼がギュンと持ち上がって、吾郎は一人でユリイカ！みたいな顔をしてる。何がそんなにユリイカなのか聞きたいけれど、私は今、どうしてもこの鍋にラップをかけたい。ラップをかけた方がいいってことが気になって話が入ってこない。

「雪の振る舞いがなんか、全体的に派手になってるっていうか、俺が言ったことに笑ってくれてるけど、ちゃんとコミュニケーション取れてる感じがしないんだよ。なんか、心のすごい表面の方で、オートで会話してる感じがするっていうか」

「そんなことないよ？」

「それそれ。その感じが、一週間は言い過ぎかもしれないけど少なくとも数日は続いてる。りっちゃんと遊んだあと」

なにそれ誰のどういう話だよって思うけど、私の話に決まってて、大事な話だともわかる。でもラップかけないと乾いちゃうよ？

「そういう、誰に対してでも通用しそうなコミュニケーションを取られると寂しいし、何考えてるのかわかんないし。それにちょっと怖い」

「え、ごめん」

「いや謝ってほしいんじゃないんだよ。ただ心配なの。なんで二日酔いなのに元気なふりするんだろうって」

「ふりとかじゃないよ。いっぱい寝て、元気が復活してんだって」

「ベッドで半目で死んだみたいに寝てる雪の方がよっぽど元気に見える」

「何それー」

えへへと笑ってもう限界。キッチンにラップを取りに行く。吾郎は私を止めたりしなくて、ただ見ているだけだ。大きい鍋を覆うには、何枚か重ねないと。シー、ペリ。シー、ペリ。この後食べたくなるかもだし、とりあえずなんとなくでいいか。

「大丈夫？」

「何が？」

「いや、コンディション？」

「大丈夫だよ普通に」

「結構飲んだ？」

「飲んだよ〜」

そう答えて笑うと吾郎は、何して遊んでんの？と聞いてくる。私はその質問に飛びついて、いつものメニューを説明した。楽しそうでしょ？

「楽しそうだね」

「でしょ？」

「うん。それに懐かしい」

「あはは。今度一緒にやってみる？」

「うーん。どうだろう。たぶん、俺とやっても楽しくないんじゃない？」

「えーなんでよ」

「りっちゃんとやるってことに意味があるんじゃないのそれは」

この人って、さすが私の恋人だ。茶化すつもりなんて一切なくて、本当にただそう思った。恋人。

「よくわかったね」

「うん。なんかきっと、決まってるんでしょ遊び方が」

「もう十年以上やってる。まぁ全部一緒ではもちろんないけど、大まかな流れは」

「だからコンディション崩れるんじゃない？」

吐きすぎてペシャンコになっていた胃が、ぼこんと膨らむみたいな音がした。どこかに空気が入り込んだからだろう。

「え〜」

「何を話したかってのを全然言ってくれないのは、俺の愚痴言ってたから？」

「違うよ！」

「じゃあ聞かせてよ。ていうか別に愚痴でもいいからさ。何話したの？」

「え〜あ、同級生が結婚した！」

「よかったね。あとは？」

そんな風に聞かれても、話して聞かせるほどのことなんてないし、あんまり覚えてもいない。冷蔵庫に似顔絵を貼りっぱなしだったことを思い出してそれを見せようかとも思ったけど、前にも見せたことあった気がする。発見される前に捨てたい。64の話とか？　それはさっきしたか。考え込む私を、吾郎は見つめ続けている。時々薄い唇をしまったり出したりしていて、なんだか彼の方が気まずそうに見えるのが不思議だった。

「りっちゃんは最近どうしてたって？」

りっちゃんは普通に、働いて飲んでセックスしてるよ。私と同じ。もしかして今駅弁の話をしたらいいのかなと思うけど、なんとなくそれはふさわしくない気がしてやめた。

「まぁ、変わらずみたいだよ」

「元気だった？」

「元気だよそりゃ」

「雪みたいに？」

は？

「そうね、うん。相変わらずやってるって感じ？」

「今の雪みたいに？」

何？

「うん！」

「じゃあ元気じゃなくない？」

うるっさ。

「いや元気でしょ〜」

気づかないうちにジリジリと、崖《がけ》に追い詰められている感じがする。元気なら飛んでみせろよ、だって元気なんでしょって。負ける気がして悔しいから、両手をブンブン振ってみる。吾郎が好きな、私のダンス。これ見れば元気ってわかるでしょ。

「そういうのなんていうか知ってる？」

「なに？」

「空元気だよ」

うっっっざ。

「違うよ～」

「りっちゃんもそんな感じなの？」

「てか吾郎りっちゃんのこと知らないじゃん。会ったこともないし」

「そうだね。だから聞いてるんだよ。りっちゃんは元気だった？って」

「だから元気だってば！」

大きな声が出て顔面が揺れる。途端に顔が熱くなって、涙が出ていることに気づいた。あれなんで泣いてるんだろまだ酔っ払ってんのかも！　あははごめん！　なんでぇ～とか言いながら謝って、ちょっと笑ってみたりして。

「元気だよ。私たちは本当に」

吾郎は黙ってティッシュを差し出す。ありがとって言って拭く。でも涙は全然止まらなくって、私自身よりずっと饒舌《じょうぜつ》。だから私も乗っかって、吾郎に聞きたい。なんでそんなこと聞くの？って。何が不審？　私たち変？　ていうか私、今、やばいと思う？　なにか間違ってるのかな。もしそうなら、どこからが間違いだった？　だって楽しいんだよ。楽しいのに間違ってるって変じゃない？　無理なんてしてないんだよ。楽しくてやってるんだよこの二日酔いも含めて。こうやって一緒にいたいって、本当に思っているからやってんの何年も何年も。大好きだからやってんの。恥ずかしくて落ち着きたくて冷凍庫に向かう。泣いたら冷やすってことを私は覚えていますす覚えているくらいには冷静です。精神的に頭を冷やして、元の私に戻りたい。開けるとそこにはあのピザがあって、誰が食うんだこんなもの。無視して保冷剤を取り出した。大丈夫。私はちゃんと、しっかりしてる。大丈夫。眼鏡をずらし、瞼に保冷剤を押し当ててゆっくり呼吸をしながら炬燵に入った。また小さく「ごめんね」と言えば、吾郎の手がゆっくり私の肩を撫《な》でる。このままなんか、私が酔ってパニクったっていう、そういうタイトルをつけてこの時間を終わらせたい。だけど当然、吾郎は逃がしてくれなかった。

「雪、無理しなくていいんだよ」

「してないよ。なんでそう思うの？」

「俺は別に、いつも『楽しかった！』ってことにならなくてもいいと思うけど」

「私もそう思ってるよ？」

「じゃあどうして繰り返してるの？」

冷たいと、あったかい。繋《つな》がっているはずの一つの肉体、その上と下で違う温度を感じる。気持ちがいいけど不自然で、中間にある心臓は困ったように強く鼓動する。

「ずっと同じことはできないよ」

「それくらい知ってるよ」

「じゃあ」

「でもやったって良くない？全く同じにならなくたって、似せてみるのは自由じゃん」

「いや」

「私たちには、こんな風にいたいね〜って形があって、その形じゃなくなってることはもうわかってて、だって大人だし、とっくにね。知ってるよ。でも、それでもいたい形ってのがあって、私はその自分の気持ちを大切にしたい。叶《かな》わなくてもいいから、忘れたくないの。これが楽しかった最高だった、だからその時の私でいたいですって気持ちを。だって好きだから。その形の私が」

崩れていく保冷剤の汗と私の涙が混ざり合って、顔はもうびしょびしょだった。吾郎はそれを拭こうとするけど拭かせない。ここには触らせない。ここは、私の一番柔らかい場所なのだ。誰にも触らせない。

「元気なくプール行ける吾郎にはわかんないよ元気のことなんて」

本当は言いたい「ごめんねそっとしておいて」の代わりに過去の茎を引き抜いて、ただどすどす足音を響かせながら寝室に向かった。きっとまだ、私は酔っ払ってるんだろう。そうに決まってる。だからこんなに騒いじゃうんだ。その証拠に、ベッドに戻っても涙は止まらない。理由もよくわからない。全然頭が働かないから涙腺《るいせん》の好きにさせてやるんだこれは酒のせい。あるある。

「プールってなんの話？」

暗い寝室に細長い光が差して、実体より数段大きな吾郎の影が落ちる。は？　こういうのって、ここで一回終わりじゃない？　そっとしとけよ習ってねーのかこの男。

「は？」

「去年のサマーランドのこと？」

「ねえ今私泣いて出てったよね？」

「そうだね」

「ほっとく局面じゃない？一旦《いったん》」

「俺そういう空気は読まないから」

知らねーよお前の生き方なんて今関係ある？　呆然《ぼうぜん》としていると、部屋はバカみたいな間接照明に照らされて、クリスマスみたいにピカピカし始めた。ここで第二ラウンドってやっぱ、変なのは私じゃなくて吾郎の方ではないですか？　腹が立つけど同時に、吾郎のこういうむちゃくちゃさがどうしようもなく素敵に見えたから私はこいつを好きになったんだよなとも思った。

「プールって何？」

「いや」

「え、楽しかったよね？」

「楽しかったけど」

「教えてどう思ってたのか」

「……サマーランド着いてからは楽しかったけど、車の中で吾郎静かだったから、あんま行きたくないのかなとか、だって一昨年《おととし》海行った時は車の中でも歌ったりしてたのに、だから、なんか今日違ったのかなとか気になった」

あーなるほど、とか言いながら吾郎はベッドに近づいてきた。入れてやるもんかと掛け布団を引き上げる。

「俺はそのドライブ凄い良い思い出だったんだけどな」

「そんな気はしてたよ後から」

「でしょ?」

「うん。でも、黙ってオレンジレンジ聞いていられる人に私の仕組みはわからないと思う」

視界に広がる天井は真っ白で、これと同じ景色を吾郎はリビングの壁に見たんだと思い出した。寝ている私を見て、急いで鍋を作ってくれたんだろう。りっちゃんと遊んだ後いつも調子がおかしい私のために、美味しい蟹鍋を作った。炬燵に運んでさぁ完成ってところで真っ白い壁を目にしたら。その他諸々《もろもろ》はおいといて、私はまず謝らなきゃいけない。

「隠してごめん、写真」

「うん」

「ほんとにごめん」

「いいよ」

ため息の中に混ぜながら、吾郎は私を許してくれる。

「でも話は終わらないよ」

「やだ」

拒絶を無視して吾郎は床に座った。

「俺も、オレンジレンジ歌わなくてごめんね」

「いいよ」

「たぶんさ、一昨年は歌いたい俺だったけど、去年は聞いてたい俺だったんだよ。でさ、雪とだから、ちゃんと今の自分でいつもいられて、それをすごく幸せなことだと思ってるのね」

天井は今も涙で揺れている。もう、泣くタイミングは終わったなってわかってるのに、一度開いちゃった弁はなかなか閉じそうにない。

「俺にいたい形があるとしたら、それはきっと『こういう形』とかじゃなくて、状態に身を任せられてることなんだと思う。だから雪が、黙って蟹鍋を食べてることが、なんなら嬉しいくらいでさ」

みんながそんな風に過ごしたら、楽しいことって起きなくない？　誰かが楽しいふりを始めるから、楽しいが生まれるんじゃない？　てか元気って、出そうとしないと出なくないですか？　反論の言葉が弾幕みたいに脳内を駆け抜けていく。

「今の雪は、雪のいたい形の雪なの？」

視界に無理やり入り込んできた吾郎のワイシャツはシワシワで、その皺《しわ》の数くらいは受け答えしてやってもいい。

「いたい形の雪だよ。努力してるから」

「じゃあそのせいで、こう……ねじ伏せられる雪がいるじゃん。本当は黙ってたい雪とか、食べたくない雪とか。その雪は元気なの？」

「その雪を燃やしてこの雪が元気になってんじゃない」

「痛くない？」

「それが二日酔いとか、ゲロ吐く時の喉の痛みで、別に平気」

「俺はそう思わない。そんな、それどころのものじゃないと思う。雪はどんどんどんどん、色んな経験して、色んなこと知って変化していくのに、いたい形でいるためにねじ伏せてねじ伏せてって、暴力じゃん。俺は絶対、その上で元気が維持されることはないと思う」

「あ違う違う」

自分でも驚く速さで口を突く否定。どこがこの信号を送っているのかわからないほどだった。実際今、脳がついてこれていない。

「そもそも変化が無理だから。その時点で暴力なの。だから暴力に暴力で抵抗してる」

自分の発した言葉を聞いて、そうなの？と思う。別に珍しいことではないけど。

「え、なんで?」

「何が?」

「なんで変化したくないの?」

「死んだからじゃないですか?」

前のめりだった吾郎の身体が一瞬ふらつく。私も自分の速度についていけず、うっすら耳が詰まる。だからって、ここで躊躇《ちゅうちょ》はしないけど。

「アミが死んだからじゃないかな。話したことあるよね?」

「うん」

もういいでしょこれで。皺の数だけ話したし、今日はこれで勘弁してほしい。眼鏡を外して枕元に放る。あなたが話さないなら、私はもう何も言いませんよって意味を込めて目を閉じる。瞼越しにチッカ、チッカって光の点滅を眺めていると遠くからゆっくり何かが私を引っ張った。吾郎の気配が遠のいていく。点滅は止《や》んで、物音が消えた。


りっちゃんと口論をしていて、私はうまく怒鳴れない。大きな声で言い返したいのに言葉は音にならなかった。うちで喧嘩しているはずなのに、いつしか景色は教室になって、さっきまでなかったドアがガララと開く。これは現実の吾郎の気配。だから私は夢だと気づく。緊急離脱の合図は瞼を一度ぎゅうっと瞑って開けること。こうすれば、実際の私の瞼も開く。パチッと開けば見事に目覚めて、右を向けばこちらを見つめる吾郎の目玉が僅かに光っている。

「嫌な夢見た」

「どんな？」

「言いたくない」

「なにそれ」

真横にいたはずの吾郎は瞬間、ベッドサイドに立っていて、不機嫌そうに腕を組む。

「なんでわかんないの？」

彼は怒っていた。

「俺は知らないよ。雪が悪いんじゃん。なんで謝らないんだよ」

そうだ、私、吾郎が買ってきた蟹を逃がしちゃったんだ。確かにそれは全面的に私が悪いけど、でもいきなり蟹連れてくるのもどうなの？　普通一言相談とかしない？

「どこ行ったんだよ！探してきてよ！お前が追い出したんだろ？あいつ一人で帰って来れると思ってんの？」

え、帰って来れるよきっと。だってもう大人だよ？　そう言いたいのに吾郎のあまりの剣幕に声が出ない。

「どうやって探せばいいか教えてください」

「は？匂いでわかるだろ嗅げよ」

ダウト。私はもう一度瞼をぎゅうっとする。呼吸を合わせてパッと開く。うっすら寝汗をかいた気持ち悪い自分の身体を摩《さす》ってみれば、確かに触れてる感覚があって、大丈夫今度こそ、今度こそ現実だ。私の隣はまだ空っぽ。リビングにいる吾郎に会いに行こうと身体を起こす。起こす、と思うのに、身体は動かなくって自分が金縛りにあっているんだと気づいた。ぇぇ。こんなの初めてなんですけど。霊感なんてなかったのに急に何？　怖い。頭を持ち上げよう。その為にまずベッドに手をつこうとするのに、天井を向いた掌は微動だにしなかった。どうしよう。何かが私に迫ってる？　それとも縛られてるだけ？　恐怖でどんどん汗をかく。でも待ってそうだ。こういう時、怖がってるってバレたら負けだ。あとなんだっけ……足の指！　足の指は大抵金縛るのを忘れてるってりぼんで読んだ！じゃあまず、親指を立ててみよう。神経に命令すれば、ぎこちないけどきちんと親指が持ち上がる。オッケー。次は五本の指をギュッと丸めて、それから伸ばす。できる。じゃあこのまま、寝相のふりして右足を少しずつ下ろしてってするのに動けない。たぶん自己暗示が弱いんだろう。眠っていると言い聞かせる。私は寝てる。寝てる。寝てる。あ〜なんか寝返りうちた〜ぃ♡　本当は怖くてたまらないけど、その気持ちを押し殺して押し殺して、私は寝返り大好き人間♡　寝返り！　寝返り！

ドスン、と身体に衝撃が走る。痛くて今度こそ本当に目が覚めて、金縛りも夢だったんだとわかった。目が熱い。顔が濡《ぬ》れている。背中が痛い。こうまでしないと夢から覚めない私のことが、私は怖い。ベッドによじ登ろうと起き上がる。何してるんだろう。私は、ずっと何をしてるんだろう。情けなさに呼吸が浅くなって、もう一度横になる頃には息が切れていた。

その後もずっと夢の中で不安。どのくらい私は眠れたんだろう。今日ばかりは二度寝する気になれなくて、朝の光に潔く従った。廊下に出ればコーヒーのいい匂いがする。既にベッドを抜け出した吾郎が、一足先に朝食を食べているんだろう。昨日の今日だということに、触れた方がいいんだろうか。目一杯悩めるほどうちの廊下は長くない。

雪　おはよう!

どうするか決められないまま到着したものの、身体は勝手にいつも通りの挨拶《あいさつ》をした。少しの間の後、吾郎は全て察したように柔らかく微笑《ほほえ》んで「おはよう」と返してくれる。「コーヒーいる?」と続ける吾郎の頬にキスをして「いる」と言えば、ホカホカのドリップコーヒーが炬燵に到着。飲んでる間に吾郎は仕事に出かけて行って、私も仕事を始める。なんてことはない平常運転。放置していたあれこれは大量のように見えたけど、リストアップしてみれば大したことはなさそうだった。夜まで作業。吾郎帰宅。二人で昨日食べ損ねた鍋を食べる。私はもう一度吾郎に謝る。鍋を食べなかったことも含めて。吾郎はもちろん許してくれる。お風呂に入る。お酒を飲んで一緒に眠る。その夜も私は夢から夢へ移動を続けて、現実に繋がる出口はなかなか見つからない。また金縛りにあって、威嚇《いかく》のために大声を出すとその声で瞼が開く。隣の吾郎が驚いて私を見ている。

「これは夢じゃない？」

聞くと吾郎は「現実だよ」と言って身体を摩ってくれる。そういう夜が二日、五日、一週間と続いて、私は疲れてもうだめ。全てを夢だと疑い始める。昼でも夜でも何度も瞼をぎゅっと閉じて開ける。ほとんどの場合、開く瞼は二つだけだった。昔はいつもこうすれば、四つの瞼が開いたのに。そうして安心する場所へ帰れたのに。うまく眠れていないせいで、頭はいつも沸騰したみたいに熱くって、そのせいか目もひどく疲れていた。夢を見る時にも、視力って使うんだろうか。だとしたら、私の眼球はもう百時間以上休めていないことになる。コンタクトがうまく入らなくなって、ワンデイを一日に何枚も消費してしまう。そこら中に落ちているレンズに気づいた吾郎は、最初のうちただ心配そうに私を見ているだけだったけれど、すぐに我慢の限界が来る。

「雪、眼科行こう」

「えー平気だよ」

「いやだめだよ。行こう。明日は？俺もコンタクト作りたいからさ、一緒に行こうよ。すぐ終わるよ」

「それは知ってるけど」

行こう、むしろ俺が行きたいからついてきて！　一緒に来て！　雪雪雪！　あまりにもしつこい吾郎の誘いに私は疲れて諦《あきら》める。別になんともないですよ。

どうせならドライブがてら眼科に行こうと吾郎は言って、車の中で歌ってくれる。あのオレンジレンジの件をちゃんと気にしてくれてるのがわかって嬉しい。それに、こんな風に言われたことをすぐ行動に移せる吾郎の性格に、私はすごく憧《あこが》れていた。これってどういう性格なんだろう。素直？　優しい？　屈託がない？　どれも合ってるようでしっくりこない。既存の言葉じゃ説明できない、心の恰幅《かっぷく》の良さみたいなものを彼は持っていて、私ももっと太れたらいいのに。いつまでも聞いていたい吾郎のオレンジレンジ冬バージョンは、近すぎる眼科のせいで二曲で終わってしまった。土曜の割に空いてる行きつけの眼科、その受付に二人で診察券を提出すると、おばさんが微《かす》かに笑ったような気がする。吾郎は処方箋《しょほうせん》をもらうだけ。私は念のため、一通り目の検査をしてもらうことになる。先に呼ばれた吾郎を追いかけるように奥へ向かえば、二人並んで「右」とか「下」とか言わないといけない状況だと気づいて急に恥ずかしくなってきた。

「それじゃあまずこちらへ。顎を乗せておでこをくっつけてください」

言われた通りに体勢を整えて穴を覗《のぞ》けば、見慣れた青空がぼんやり広がっていた。ピピ、ピピピって音がして少しずつ遠くにピントがあっていく。バチッと目があったそれは、私のよく知る気球ではなく見知らぬ一軒家だった。

「え」

「どうしました？」

「あ、いや」

待ってそんなはずない。ここにあるのは絶対気球で、それは変わらないことで、なんなのこの家。よく見ると道も滑走路じゃなくて馬鹿みたいな草原だし、は？　持ち手を摑《つか》んでいる両手が一気に汗ばんで滑り落ちそうになる。

「大丈夫ですか？」

これは何？　誰の家？　なんで家？　私の気球はどこに行ったんだ。全部あそこにしまってある。私の全てがあそこにあるのに、隠されたらここがどこかもわからない。どこ？　動揺してピントがずれる。遠くにある気味の悪い一軒家がわずかに動いてるような気がして、あそっか。わかった。頭にのぼっている血は急激に落下。私もどんどん高度を下げる。こりゃ夢だ。そうだよだって考えてもみなさい雪ちゃん。家から徒歩十五分の眼科まで、吾郎と二人で車に乗ってきているとこからもう変じゃん。なんか途中の路地も異常に狭かったしさ。思い出してみたらずっと変だよ。だからたぶん、昨日の夜に吾郎と眼科に行く約束をして眠ったところまでが現実で、その先から今この瞬間までは夢。もう勘弁してほしい。起きたら予定を変更して、眼科の前に精神科へ行ったほうがいいかもしれない。

「富山《とみやま》さん？」

「はぁい」

眼科医は心配そうに私の名前を呼ぶことで現実味を上げようとしてくるけれど騙されない。赤い屋根の一軒家は今度こそ完全に揺れ始める。夢のディテールが崩れ始めてる証拠だろう。

「富山さん一度お顔戻していただけますか？」

「え〜？」

クスクスクス。この先生、私が夢って気づいてることに気づいてないんだ。

「富山さんお顔を」

「これ誰の家？」

「いやあの、お願いします」

「先生の家？」

「ちょっと」

先生の手が、私の手に触れる。持ち手から引き剝《は》がそうとしてるんだろう。そんなことしたって無駄で、だってこの世界の主《あるじ》は私なのだ。

「富山さん離して」

「周りなんもなくて不便じゃな〜い？」

「富山さん！」

大きな声で名前を呼ばれて、は？　萎《な》えた。もういいやこの夢は。とっとと目覚めてちゃんと気球を見に行こう。いつものように瞼をぎゅうっと瞑ってパッ！　一度で起きれたらいいなと思った視界にピントを合わせると、右が一軒家で左はなにこれ。グレー？　ってことは機械？

「聞いてますか?!」

また同じ声がする。どうしてこんなに、起きるのが下手になっちゃったんだろう。もう一度、ぎゅう、パッ！

「ちょっと」

「すいません連れです。どうしました？」

あれ、吾郎の声がする。君も出てたの？

「顔を離してとお願いしてるんですが」

「雪？」

「吾郎？いるの？」

「いるよ何言ってんの」

これは吾郎も私の隣で眠っていて、同じ夢を見てるってことだろうか。それともこの吾郎は、私が作った吾郎の方？

「ねえ先に起きて起こしてくんない？」

「は？」

「あはは、流石に無理か」

もしそんなことができたらちょっとロマンチックだったのに。右目にはずっと赤い屋根の一軒家が映り続けていて、もうこのまま右目にある牧場みたいな道に乗り込んで家を燃やしてしまいたかった。そうしてもっと赤くなった家を、気球に乗って見下ろすのだ。意識を集中させれば、レンズの向こうに行けるはず。すでにピントがあった右目の視界にもっともっと焦点を合わせて、ＶＲみたいな気分で世界に没頭する。

「雪、こっち見て」

「待ってもうちょっと」

「雪。みんな困ってるから」

「え、もしかして起こしてる？」

もうすぐ牧場に入り込めそうなのに、もう起きる時間なの？

「うんそう。起こしてる。起きて雪」

やだなぁ。でも起きれば今度こそ眼科に行って、気球を見ることができるのだ。そしたらこの馬鹿げた夢をちゃんと笑い話にできる。

「おはよ」

もう一度瞼をぎゅうっとして、パッと開くと同時に機械から顔を離す。視界には一面吾郎の顔、もしくは白い天井かと思ったのに、そこにあるのは憎い機械で、そういえばずっと、病院の匂いがしていることに気づいた。

「雪」

左肩に手が触れる。そちらを見ると、心配そうな吾郎が、夢の中と同じ服を着て立っていた。その横には先生。役者が代わったりしていない。さっき会った先生と同じ、髪の薄いおじさん。周囲を見渡すと、他の先生や患者さん、視力検査中の変な眼鏡をかけた子供まで、こちらをじっと見つめていた。

「富山さん、大丈夫ですか？」

「あ」

最後の祈りを込めてもう一度だけ瞼に力を込めてみる。開いたらベッド。開いたらベッド。でも当然、何度閉じて開いてを繰り返しても世界は変わらない。ここは紛れもない現実だった。

「ごめんなさい先生！彼女あの、睡眠障害なんです！」

「……はい？」

「だから、今寝ちゃったんだよね？」

添えられた吾郎の手にぎゅっと力が込められて、私は全部理解。

「そうなんですごめんなさい！やだ！私何かしてました？」

「もう〜！雪〜！ちゃんと薬飲まないと〜すいませんお騒がせして、日を改めます帰ります」

吾郎は勢いよく私を立たせると受付へ直行。車のキーを握らされ、気づいたら外に追い出されていた。車。車で来たこと、私はちゃんと覚えてる。シルバーのわナンバー。ボタンを押せばピピッと鳴って、助手席のドアを開ける。席に座る。すぐそこに、車に乗る前に買ったアイスコーヒーが置き去りになっていて、ドアの内側にはレジ袋が、ゴミ入れとしてぶら下がっている。全部私がやったこと。なんの変哲もない、車に乗る時のルーティーン。あの狭い道は、いつも歩いている道で、そこを慎重に走ってここにきた。あぁ、喉が渇いた。コーヒーを手に取るとたくさん汗をかいていて、それは眠る私のようだった。会計を済ませた吾郎が車に戻ってきて、私にキスをしてくれる。もうとっくに目は覚めてるんだから必要ないのに。

迷路みたいな路地を抜けて、車は環八《かんぱち》に出た。うちに帰る為にこの道は必要ない。吾郎はどこに向かっているんだろうと思いながらも、次々現れる建物から目が離せなかった。マンション、コンビニ、ガソリンスタンド、またマンション。無数の建物が現れては消えていくのに、赤い屋根の家は一向に現れない。まっすぐ歩けばそこにあるはずなのに、環八をいくら走っても辿《たど》り着けそうになかった。そりゃそうか。あれはあの機械の中にしかない風景。じゃあ、あの機械の中からも消えてしまった気球はもう、この世界のどこにも存在しなくなってしまったんだろうか。空を見ても、時々飛行機が見つかるだけで気球なんて現れない。だからやっぱり、私は自分の中にある気球を飛び立たせてはいけないと思った。

「お腹空いてる?」
「ううん、大丈夫」
「じゃあこのまま、どっかまで行こうか」
「なにどっかって」
「わかんないけど、天気良いしさ」

お昼過ぎの東京は確かに快晴で、窓さえ開けなければ車内は春のようにポカポカしていた。このひだまりの中で呑気に前だけ見ていれば、全部無かったことになりそうで、私はついこの前の「おはよう!」と同じ要領で言葉を返す。

雪　いいね!行こう!!

赤信号で止まった拍子に、吾郎がこちらに視線を向けたのがわかる。私は向かない。窓の外に夢中だから。この先のドライブにワクワクが止まらないから。

雪　どうしよう!どこがいいかな!

アクセルが返事、ということにする。

車は高速に滑り込んで、私は車内に音楽をもたらした。殺風景な四角を見るのはやめて、歌を口ずさむ。そうしているうちに車は海を渡って山に入る。もう一度海が見えた頃にはそれが目的地だろうと見当もついた。

雪　ねえコンビニ寄ってくれない？

「トイレ？お腹すいた？」

雪　ビール！

どうせ私は免許ないし、こういう時っていつも飲むじゃん？　それで楽しくなるじゃん？

「だめ」

え。台本と違うんですけど。

「今ダメって言った？」

「うん」

雪　え〜なんでよぉ

吾郎こっちだよ。私たちの楽しい休日はこっち。思い出して。台詞にきちんと心を込めて彼に渡す。

「今日はそういうんじゃなくのんびりしよう」

「なんで？」

「なんでも」

走る道路のお隣はもうずっと海。天辺《てっぺん》をわずかに越えた太陽が水面《みなも》に降って目が眩《くら》む。サンバイザーを下ろしてみても、光の強さは変わらなかった。目を閉じて、開いて。何遍やっても景色は同じ。わかっていても、まばたきを止めることはできなかった。

遠くから見ると美しかったはずの海は目前に迫るとぐちゃぐちゃで、水面が煌《きら》めいたりしない。鈍色《にびいろ》の平面、その正面に腰を下ろして、私たちはしばらく黙って前を向いていた。自分から、さっきのことを謝りたかった。でも口を開けば、どうせ私は台詞を喋ってしまうんだろう。何を言えばいいかわかっている時こそ、本当の言葉というものは見つからない。

「寒くない？」

「うん、まだ大丈夫」

吾郎が待ってくれているのを感じる。彼は誠実で、大きい人間だ。だから私に、正しい振る舞いを選ぶチャンスをくれる。わかってる。今やるべきことは、海が汚い話をするんじゃなくて、誠実に謝ることだ。これは形じゃない。台詞でもない。本心から今、私は吾郎に謝りたいと思っている。

「吾郎」

「なに？」

「ごめんね」

どんな風に発音すれば本当だと伝わるのかわからなくって、ひどくぶっきらぼうな四文字だった。

「なにが？」

「病院で、迷惑かけちゃって」

「迷惑とかではないよ」

「でも、困ったでしょ」

「まぁね」

びっくりしたよと言いながら、吾郎は灰色の砂浜に寝転んだ。眩《まぶ》しそうに目を細める表情は柔らかくて、彼の方が砂浜に見える。

「よく思いついたね、睡眠障害って」

「たまたま最近ツイッターで見たから」

「あはは。凄かったよ」

笑い声は続かなかった。代わりに波の音が、私を追いかける。満ちているのか引いているのかわからない海とこちらの境界線は遠い。

「あの機械、吾郎もやった？」

「やったよ」

「家だったでしょ？今までは気球だったのに」

「そうだったね」

「私、それがなんか、凄くショックだったの。気球の写真のこと、凄く好きだったのかな、気づかなかったけど。絶対に覗けばそこにあると思ってたものがなくて、知らない人の家を見せられて、こんなの嘘だおかしい、あ、なんだ夢かぁと思って」

本当に感じたことを言うのは嘘じゃない。

「気球見たかったなぁ」

手を伸ばせばすぐに摑める悲しみを掲げて理由とすれば、人は納得してくれる。それがわかりやすいものであればあるほど。私はそのことをよく知っていた。だからこうして、わかりにくい悲しみだって摑んで見せることができる。

「立って」

言うなり立ち上がった吾郎が私に手を差し出して、私は言われた通りに立った。

「もう一回やろう。ここに到着したところから」

吾郎はそう言って、さっきの会話を繰り返した。

吾郎　この辺でいい？

雪　いいよ
吾郎　寒くない？

雪　うん、まだ大丈夫

あなたのやろうとしていることがわかる。私はさっきの言葉を、あの台詞を取り消して、新しい道を選んでみる。

「眼科で見る気球がね、怖かったの。ずーっと遠くにあるでしょ、遠くまで来たつもりなんてないのに。ただ座っただけなのに彼方に見えるって、過去じゃん。何もかも全部、あの気球みたいになっちゃうんじゃないかって思うと怖かった。でも、めちゃくちゃ遠いけどあるじゃん、あの気球は。あるものだった、のに、今日はなかった。吾郎も見た？」

「見たよ」

「無理だったの。遠くてもあるはあるから、それを支えにやってきたのに、全然知らない間になくなっちゃうんじゃんって、そんなの突きつけられたらほんと無理で」

酸素を吸えば、二酸化炭素として吐き出す。それと同じように、あの穴を覗けばいつでも気球に会えると思っていた。この世界には少ないけれど、そういう不変ってのが存在していて、お手本さえあれば目指すことができる。たとえ叶わなくても、信じることはできる。そうやって生きてきた。誰の言葉にも耳を貸さず、時間の流れにも抵抗して、踏ん張って踏ん張って生きてきたのに、世界は突然私を裏切る。

「だってじゃあ、やっぱり変わっちゃうってことじゃない。何もかも全部。あんな写真絶対ずっと同じでいいのに、あれが変わっちゃうんなら全部変わっちゃう。私も変わっちゃうじゃん」

「うん」

「なんでみんな平気なの？怖くないの？私は、自分のお気に入りの私から離れたくない。最高だったって感じた瞬間を過去にしたくないの。そういう気持ちない？」

横になっている吾郎の細められた目がキョロキョロと動く。浮かんでいる雲の中から答えを選ぶみたいに。それに倣って私も寝転んだ。

「あんまりないなぁ。俺は全然、変わっていっていいと思ってる人間だから」

「それほんと、今日はほんとにほんとの意味で羨ましいの。なんでそんな風に思えるの？」

「わかんないけど……俺は雪ほど、あの時最高だったなぁとか思わずに生きてきたからかも。昔の自分、それこそ雪とセフレだった頃の俺とかさ、そりゃ無責任に楽しかったけど、今の方が幸せだって思うから変われて良かったって感じる」

「えー、あぁそういう」

「もう、はっきり聞くけどさ、やっぱりあみちゃんのことが大きいんだよね？」

一際大きな雲が、左端からやってきて視界を占拠し始めた。青空の中に元々あった小さな雲たちは、その大きい雲からちぎれたもののように見えてくる。そうではないと知っていても、実際目の前に広がる光景にすぐ心は傾く。

「そうね。やっぱりアミは、ショックだった」

気球が突然消えたのと同じようにアミは消えた。大学四年。リクルートスーツで集まるようになった私たちは、お揃いのスリッパを買っていつでもカバンに潜ませて、三人揃ったら履き替える。へなへなのスリッパで闊歩《かっぽ》する東京は全部リビングと繋がってるみたいに感じられて、人生なんてどうにでもなると思ってた。実際、どうにでもなってきた。アミが死ぬ前も死んだ後も。私たちには生きる才能があった。だからこんなに、自分の人生が愛《いと》おしい。だから前に向かって歩くことが怖い。

「そうだよね。何年経つんだっけ？」

「もうすぐ十年」

「そっか。変わるのが怖いのはさ、それ以降に生まれたことなの？」

「そうね。変わったら、アミとどんどん離れちゃう気がするから。そしたら忘れちゃう気がするし、もう同じようにアミのことを思い出せなくなるのが怖い」

飛行機が飛んで、すぐにいなくなった。でもそこには確かに飛行機雲が浮かんでいて、昔お父さんが、録画した大河ドラマを一時停止して自慢してきたことを思い出す。「見ろよこれ、飛行機雲だ！あははははは！」華麗なる五七五。お父さんにそんな自覚はないけれど。

「ごめんだめだ。もう一回」

「わかった」

あー難しすぎると言いながら起きあがると、彼は少し笑って、何度でもやろうと一度大きく深呼吸。私は空気を入れ替えないままテイク3。

「アミのところからお願いします」

吾郎　やっぱりあみちゃんのことが大きいの？

「もちろん本当にショックだったし、今も悲しい。ここにいたらなぁってりっちゃんと遊ぶたびに思うし、遊んでない時も例えば……夕方のテレビでさ、いくらかけ放題の店紹介してたりすると、あーあって。ふとした時に思って、でももう全部、その頃とは変わってしまったって感じるから、その質問の答えはイエス、だと思う」

「そっか」

吾郎は寝転んだまま、私の背中をゆっくり撫でた。それは慰めのようだけど、たぶんほんとは予備動作。彼は今、私にもう一つ何か言おうとしているのだと気配でわかる。

「いいよ言って、思ったこと」

「大きいってことと、根っこであるってことは違うよね」

飛行機雲は少しずつ短くなり始めていて、線香が燃えてるみたいだ。吾郎の言葉が耳から入って、あと少しのところで心に触れない。もうちょっと、もうちょっとだけ、くださ い吾郎。

「どういうこと？」

「理由って一つじゃないから、今雪が変わりたくないって思ってる理由は沢山あるんだと思う。その沢山の中でも一番大きいものがあみちゃんのことなんだよねきっと。でもさ、何百個理由があったとしても、根っこは一つだと思う」

まさにその根っことかいう場所が今、私の耳を塞《ふさ》いでいる。聞きたくないし考えたくない。これ以上私について話し合ったりしたくない。どれだけそう思っても、波打ち際はジリジリこちらに近づいてくる。

「その根っこを見たくないから、雪はそこから伸びて出てきた理由をいっぱい集めてるんじゃないかな。でも、こんなの俺が言うことじゃないけど、理由ってただの理由だから。何個集めたって進化したりしないんだよ。わかってるよね雪も」

「わかんない」

「わかってるよ。今、わかんない理由探してるでしょ。もうその時点でわかってるんだよ」

顔を空から背ければ、濡れて色が濃くなった砂にぷつぷつ小さな穴が空いていた。そこに何かが生きている。どれだけ隠れようとしても、最後のところで呼吸は隠しきれない。

「全部同じ問題だと思う。俺の写真を隠したのも、空元気しちゃうのも、眼科でパニックになっちゃうのも理由を脱がしていけば同じだよ。雪に問題がある。こういうことがあったからとか、これがきっかけでとかは全部理由めいた言い訳で、嘘だ」

吾郎の言ってることは全くもって超正しい。なんとなくこうかもな？と思いながら目を逸《そ》らしてきたことが今、射的の景品みたいに並べられている。ポコンポコンと一つずつ、それを打ち落として吾郎は私にプレゼント。

「金縛りにあうのはその皺寄せなんじゃない？いたい形でいようとしてるって言うけど、もうとっくに雪はその形ではいられなくなってるんだよ。これは良い意味でね？今をねじ伏せてねじ伏せて、暴力だけど大丈夫、だって私はそれを望んでるなぜならば〜ってまた理由を着て認めようとしない。そうやって自分についてる嘘が夢の中で追いかけてきてるんじゃない？」

ポコンポコン！　景品はどんどん落ちてくる。熱海の射的屋では、何にも取れなかったくせに。

「俺は、意味わかんなくてもいいから雪の根っこが知りたい。一緒に考えたい。理解されやすい理由がくっついたお話じゃなくて、まだ完成してない雪の言葉が聞きたいんだよ」

吾郎が打った最後のコルクが跳ね返って私の手元にポツンと落ちる。口を開いて空気を吸えば、口の中まで潮風でベタつくようで気持ち悪い。これも理由。気持ち悪い理由を潮風とします。そんなはずないと言う人はいない。ただ一人、私以外にはいない。誰が気づかなくても私は気づいてしまう。だって私がやってることだから。

「今、ここで？」

「うん」

お話になる前の完成してない言葉。それをどう喋ればいいかなんてわからないけれど、理由を置き去りにする為に横になった。

「本当は全部わかってるし、受け入れてるの。納得なんてしてないけど、私は生きてるから。私の人生って最高なのね」

「あはは、そうなんだ」

「最っ高なのお陰様で。大好き私の人生、というか私自身のこと。でもだから、どの瞬間も離したくない。全てのこと、本当に全部。私が今三十二歳なことってつまり、あの最高の成人式から十二年経ったってことで、最高の卒業式から十四年、アミとりっちゃんと出会ってから十六年、初めて友達と行ったディズニーシーから十七年、放送委員から二十年学芸会中の鬼ごっこから二十一年待ってよ二十一年ってそんなのさ、もう、遠すぎるじゃない。こんなに覚えててずっと大切な時間なのに、それがもう、二十年以上前のことって耐えられない。吾郎とのこともそう。今も最高だけど、今ってことはもう、私たちセフレにはなれないでしょ?めちゃくちゃ楽しかったじゃん」

「まぁね、でも今だって最高じゃん」

「もちろんそうだよ?でも、最高だけど、最高が増えれば増えるほど、過去の最高は気球に乗せられちゃうでしょ」

だから生きてることが淋《さび》しいの。生きる分だけ遠のくことが。

「ねえこれってどうしたらいいの?みんなはどうして平気なの?私もう、ずっと淋しいの。

アミが死ぬより前から」

視界はどんどん溶けていく。青の中に浮かぶ白は分裂と合体を繰り返していて、もうどの形が正解なのかわからない。私の記憶も同じように分裂と合体、改変と忘却を繰り返して繰り返して、真実なんてとっくの昔にわからなくなってしまった。ただ一つ揺るぎないことがあるならば、アミが死んだこと。その出来事は北極星みたいに動かない。だから私は、押しピンみたいにアミを使って自分をそこに食い止めたのだ。

「アミのせいなんて、嘘なんだよ」

飛行機雲は消えていて、弔いは終わった。現にもう随分長いこと、線香の匂いはしていない。

「私はもう、アミが死んだこと受け入れてる。そりゃ今でも悲しいけど、受け入れられちゃう生きてると。逆か。生きてるって受け入れるってことなのか。でも私はそれに耐えられなくて、でも生きてるし、生きるし。ねえ、吾郎は最高だって思わなかったから変わる自分が好きって言うけど、じゃあ私のこの、最高の人生ってなんなの?」

こんなに愛しい自分と自分の人生が、愛しい分だけしんどくて、いつだってもうここから動きたくなかった。無理だとわかっていてもせめて、形だけでもここにいるってことにしたい。そうして無数の台本が生まれて、同じ遊びを繰り返す。カツオがずっと五年生なように、しんちゃんがずっと五歳なように、私もいたい。真実なんてどうでもよかった。

「そんな壮大な問いの答えを持ってたら、俺会社員やってないけど」

「そっか」

「でも、少なくとも今雪がやってることって最悪だよね」

起き上がった吾郎の背中から砂が降ってくるけど目は閉じない。

「最悪」

「うん。だからたぶん、きちんとした目で見れば、最高だと思ってる過去の中にも絶対に綻《ほころ》びはあるよ。悪いけど、雪の人生は別に最高でも特別でもない。雪の今の気持ちも含めて」

血の塊がナプキンに出ていく時みたいな感覚が、身体のどこかからする。

「もう一回言って」

「え？」

「いいから。お願い」

「雪の人生は最高でも特別でもないよ」

「もっと」

「雪は最高じゃないし特別じゃない、平凡な人間だよ」

愛して三十二年、大好きな私の人生が今、ようやく殴られる。私の人生は軽んじられて、ようやく心に痛みが届く。どろっとした何かがまた、体外へ出た。

「だけど私、え、だって自分の人生大好きなんだよ? それって最高じゃない?」

「そう思ってるだけじゃないの?」

大切な思い出とか温かな自己愛が、吾郎の汚れたスニーカーに踏みつけられて、濡れる。

「あみちゃんのせいだって嘘つくことになった自分の人生、真っ芯《しん》から最高だって言える?」

「……言えない」

「でしょ? でもさ、その人格だって特別なものじゃないよ。ガキのまんま大人になってるだけだから」

火花が散って、頭の中で鷗《かもめ》が踊った。私の自尊心は今、ぬかるんでしまって立ち上がれない。なのにどうして、今がこんなに心地良いんだろう。もっと欲しい。もっと、完膚なきまでに私を否定してほしい。そうじゃないと、すぐに理由に追いつかれるから。

「私ガキなの?」

「ガキでしょ。自己愛って必要だし良いものだと思うけど、雪のそれはさ、ちょっと全能感に近いじゃん。そんなん本当は、子供のうちに折られるべきだと思う。信じ続けられるのって才能じゃなくて、ただの思考停止だよ」

豪速球がバッチーンと当たってノックアウト。血管が破けたみたいに温かさが広がった。頭で起きたそれは首をつたって、胸をつたって、下腹部にたどり着く。

「でも私、考えてるよ。考えてるから同じ形でいようとするし、淋しいんじゃないの? 間んでしょ？」

「間違いの可能性があるってわかってるのに、そこは掘らずに同じところぐるぐる回って違いだとしても」

ランニングマシンでどれだけ走ってもどこにも着かないのと同じだよ、と言って吾郎はトイレに行った。置き去りになった私は胸がドキドキ。心の底から興奮している。誰にも触らせなかった部位に、初めて他人が立ち入って、ぐちゃぐちゃに踏み荒らされたというのに。はぁっと息を吐けば、雪山でもないのに吐息が見えるようだ。身体が熱い。今朝までの、脳だけ熱いそれとは違う、燃えるような熱さだった。ふざけてなくて、逃げてもなくて、今濡れています。いつも私には理由があるのに、不思議と今は見つからない。ぶたれた心がただ熱い。それが心地良くて、ここにあるのはひたすらの安心だった。病名がわかると少し落ち着くみたいに、目を背け続けた自分を実際眼前《がんぜん》に突きつけられるとホッとする。私はずっと、誰かにぶってもらいたかった。そうして痛みを感じたかった。踏み躙《にじ》られたり、否定されたりすることで、どうしようもなさを感じたい。そうじゃないと、最高じゃない自分のことを受け入れられる気がしないから。「雪はグズだからダメでも仕方ないでちゅよ」って、言ってくれなきゃ無理なんです。そのくらい弱い人間で、吾郎のおっしゃる通り私はガキのまんま。なのに歳だけ重ねていって、真理を突かれて身体は濡れたりしてしまう。みっともない。みっともない人間。眩しさが辛くて目を細めると自分のまつ毛しか見えなくなって、でも私はやっと、今ここ。「現在」ってものと目が合い始めている。

ふっと落ちてきた影は戻ってきた吾郎のもので、両手にココアを持って私を覗きこんでいた。

「ごめんね、ひどいこと言って」

不安げにしゃがみ込む吾郎に、本当はこのまま抱きついてしまいたい。

「ひどくないよ、全部合ってるから」

影の中から吾郎を見上げて、カーテンみたいな自分のまつ毛を開けたり閉めたり。ここから見えるものは、理由なく本当に存在している。

「怖いの」

「何が？」

「わかんない。ただ全部が怖い」

「わかるよきっと。全部って何が詰まってるの？」

全部。全部は全部。今、手の中にあるココアが温かいということは、そのうち冷たくなるってことで、私が怖いのはそういうこと。

「淋しさ」

「怖いの？」

「そう、怖い」

水面は静かに揺れている。なみのりをつかいますか？　なみのりをつかいますか？　なみのりをつかいますか？　呪文《じゅもん》みたいにそう唱えても、私はラプラスを持ってない。その理由を一から十まで説明したくてたまらなかった。

「もっと何か、迫力のあること言いたかったけど無理だ。淋しさが怖いなぜならば〜の、なぜならの部分にちゃんとした理由を当てはめたいけど、そういうことじゃないわけでしょ」

だって根っこだから。周囲にあるのは土で世界で、だからもうここで行き止まり。

「いいよ話してよ理由」

「さっきと言ってること違うじゃん」

「そうだよ。え、だめ？」

カチンときたから砂を摑んで吾郎に投げた。口に入ったみたいで彼は小さく唾《つば》を吐いてから喋り出す。

「さっきから今まで、時間が流れて俺は生きてて、だから言ってることは変わるよ。何がいけないの？」

「ほらそういう風に、生きてると変化するでしょ？だから忘れる、起きたことどんどん。それがどれだけかけがえなくても関係なく忘れてく、全員忘れたらもう起きてないことみたいになるはい無理！これがマジで無理！そんな風に終わりが連続するくらいならもう、一思いに終わっちゃえば良いのにって思うの。でもこれが間違ってるってことくらい流石の赤ちゃんにもわかりますだから生きてるそうやって生きてるからたぶん私は生きるのが淋しくて怖いこれでいい？」

「変化したって覚えてることはあるじゃん。俺が一番好きだったラブホのご飯は？」

「焼きそば。でもそんなの凄いちょっとじゃん。思い出せない沢山の中に、絶対もっと色んなことがあったのにもったいないじゃん」

「正解。ケチかよ。じゃ初めて会った時に飲んでた店は？」

「ケチとかじゃなくない？三茶の馬ちゃ」

「正解。その時俺は彼女と付き合ってどのくらいだった？」

「半年。ねえもうこのクイズやめてよ」

「いいじゃん楽しいじゃん。初めて行ったラブホの名前は？」

「シンデレラ2。楽しいけど今そういうんじゃないじゃん」

「俺はこのくらいでいいと思うんだよ記憶なんて。シンデレラ2まで覚えてれば十分じゃない？何号室かまで覚えてなくたって、俺たちは一緒にいるじゃん。それにさ、覚えてないことは起きてないこととみたいになるって言うけどそれは違うと思う。どっちにしたって全てが起きたから今ここがあるんだよ」

忘れたいことも忘れたくないことも、覚えてることも覚えてないことも含めて、全部実際起きたから。起きてないってことも起きたから、今俺たちは海にいて寒いんだ。しっかりしろよと吾郎は私の上に座る。重い。この重たさを作った食べ物たちを、私は知らない。全てを挙げることはできない。だけど実際私の腿《もも》の上には重みがあって、それは吾郎三十二年の重み。

「世界は雪のものじゃないから、何一つ雪の思い通りにはならないんだよ。だから、全て覚えておくことはできないし、どれを覚えておくかだって決められない」

「知ってるよそのくらい」

「知ってるだけでしょ雪はまだ。知った上で、受け入れないと」

受け入れてるよそんなチンケなこの世の理《ことわり》。そう言い返したいのにできないのはやっぱり、吾郎の言ってることが合ってるからだ。知ってるけど認めたくない。認めてるけど抵抗はしたい。叶わないってわかってるけど挑んでみるのは自由でしょうと、ふざけたふりして抗《あらが》うの。負けても悔しくないように、無理でも折れてしまわぬように、身を守るためにやった全てのことは私を現実から遠ざけて、大人になんてなれなかった。怖さに目を瞑れば瞑るほど、私は気球に近づいていて、すぐそこにある全てが遠い。

「情けない」

「そうだね」

「どうしたらいい？」

そうだなぁと言って吾郎は、私の上から降りる。海に向かって二人で立てば、太陽は間も無く水平線に触れようとしていた。もうすぐいなくなってしまう。十時間くらいすればまた出てくる。全てがそういう風にできていたらいいのに。それなら忘れたって思い出せるのに。

「世界は私のものではありませんって、言ってみるのは？」

「えーやだ何それ」

「やだって感じるなら言ったほうがいいよ。別に大声じゃなくていいからさ、言ってみな」

汚いと思っていた海は今、夕日に照らされキラキラ。遠くから見た時と同じように美しくって、私は陸にいるんだと感じる。

「世界は私のものではありません」

「私にできることはありません」

「私に、できることはありません」

アミは生き返らないし時間は戻らない。私はそのことに、もう泣くことができない。悲しみの鮮度はあの時と違う。どれだけ声をあげたって違う。全て忘れるしそのうち忘れたことも忘れていく。私はそれに触れることができない。私は何にも触れることができない。ただ呆然と、前に向かって歩くことしかできない。私は小さな人間だから。

「私は同じではいられません」

「私は同じではいられません」

「私は元気がありません」

「私は元気がありません」

「私、失敗しないので」

「それは大門未知子《だいもんみちこ》でしょ」

「バレたか」

吾郎が笑う。私はもう一度、言葉を繰り返す。私は元気がありません。私は元気がありません。もうずっと、元気なんてなかった。

「私、元気がない」

気づいた途端にどっとくる。今まで無視してきた気持ちが一気に迫り上がって涙がじゃばじゃば垂れてきた。

「私元気なかったわ」

「なかったかぁ」

「うん、ない。全然ない。元気なとこが好きなのになくなっちゃった」

本当に、私にできることなんてないのだと悟る。コントロールできることなんて一つもない。生きていく才能なんてものはなくて、私はただ操り人形みたいに生きてるだけだ。正体のわからない何かに動かされて、波が引いては満ちるのと同じように感じては忘れていく。

「元気なんて別になくていいんだよ」

「どうしてそんなこと言えるのよ」

「元気も天気も同じだからだよ。雨の日も晴れの日も、雪は俺のことが好きでしょ？」

そう言う吾郎の下唇は、さっき吐き出した唾のせいでテラテラ光っていて、顎には砂がへばりついている。シンデレラ2のベッドの上で告白してくれた時もそう。乱れたベッドの上に正座した彼は「付き合おう。てか一緒に住もう」と大真面目《おおまじめ》に言ってたけど、床には口を縛ったコンドームが散乱してたし私のお尻《しり》の下にはコンドームの箱が敷かれてて痛かった。とっくの昔に完璧さなんて捨ててる彼は、今も昔も理由を着ない。剥《む》き出しの根っこで、ただ転がっている。

「うん、好き」

ここがとかあれがとか、理由が沢山私の中に詰まってて、それを今ここで説明したくてたまらない。でも私はしない。代わりに彼の身体に飛びかかる。これが私の重みで、晴れでも雨でもここに全てが詰まっている。制御できない四十六キログラム。引かれる後ろ髪をぶち抜いたって、四十六キログラムのまま。私は元気がありません。それでもあなたが大好きで、それでもあなたと友達でいたいよ、律子。

出張の予定は最速で一ヶ月後だった。でもそれじゃ遅い気がしてお願いしてみれば、二つ返事で吾郎は実家に帰ってくれる。りっちゃんに連絡すると「週末なら行けるよ」と言われるから、覚悟を決めて遊ぶ約束をした。本当は、いつもと違う場所で、違う会い方をした方がやりやすいけど、それじゃあたぶん、本当にはりっちゃんと向き合えない気がした。吾郎の剝き出しさが、自分に移って変化しているのを感じる。怖いけれど、自分の天気を受け入れて、私は今正しいと思う方を選ぶ。部屋をわざと散らかすことも、写真を隠すこともしない。サミットでの買い出しから行こうとしたけどりっちゃんに断られてしまったから、できるだけ何も考えないようにしながら到着を待った。

「おつかれー」

りっちゃんはいつも通り、寝やすそうな服を着てうちにやってくる。パンパンのレジ袋、それを玄関で受け取って炬燵に置けば、なんとなく、彼女からはてなマークが感じられる。赤ワイン、白ワイン、六本の缶ビールといくつかの酎ハイ。キムチ、オクラ漬け、白菜漬け、蓮根の挟み揚げ、それから冷凍ピザ。いつもと変わらない、小道具みたいな食べ物たち。

「また出張？」

「ううん違うの」

「え？何喧嘩?!」

「ううん」

「じゃあ何よ」

なんて言えばいいかわからなくてうーんと唸《うな》れば、りっちゃんは鼻で笑って部屋を見渡す。視線が、壁に飾られた写真で一瞬止まったことを私は見逃さなかった。私は今日、りっちゃんと遊びたい。楽しくなくても元気出なくても、どうなっても構わないから、本当の状態で遊びたい。でもそれは私の独りよがりな望みで、りっちゃんはいつも通りが良いかもしれないと思うと何から切り出せばいいかわからなかった。

「え、まさか別れた?」

「別れてない別れてない」

「びっくりしたーこんな写真飾ってんのに別れてたら笑っちゃうよ。どこここれ」

「熱海」

「へぇ～こんなん飾るタイプじゃないよね雪」

どうだろう。確かに飾ったのは吾郎だけど、私だって悪い気はしなかった。

律子　吾郎っぽいね、こういうの
捨てたはずの台本は、まだ私の頭にきっちり残っていた。これに続く台詞は「そうなんだよ～マジわかんないこういうとこ」だ。そういう風に、吾郎をからかえばいい。まるで私は本気じゃないみたいに振る舞えばいい。そうすれば、私は変わらずここにいられるって、信じられたのはこの間まで。私はもう、全能じゃないことを知ってしまった。

「うん、でも気に入ってる」

ふっと視線が交わる。律子の瞳の色が変わる。焦ったような顔色は、瞬時に笑顔に切り替えられて、今、この瞬間律子が遠くなったのがわかる。

「あそうなの？　いいじゃん」

「うん」

追いかけないといけない。吾郎が私にそうしたように、私も、目の前にいる大切な律子を死に物狂いで。

律子　じゃあ最近浮気してないんだ？

「うん、してないよ」

この間話したばかりじゃん。覚めた状態で見つめてみると、私たちの会話はやっぱり変だ。凄く変だ。全く引き継ぎが行われてない。実際、炬燵の上に並ぶ食べ物のうちのいくつかは食べかけのまま冷蔵庫にあるのだ。

律子　私はね、この間３Ｐした
気になる。正直これは普通に気になるけれど、ここで乗ったら振り出しに戻ってしまうから。どうにか諫《いさ》めて「へぇ」とだけ返した。

律子　あいつもしてたのかな、ほらあの～なんだっけ、派手な

二人　古賀菜摘！

「古賀ちゃんの話やめない？」

「え」

「結婚したんだしさ。いいじゃんもう」

あははそういえばそうだったね、結婚したんだったって言うけどりっちゃん。覚えてないわけないよね？　だって古賀ちゃんの結婚だよ？　そんなの超大ニュースじゃない。気まずそうに飲み物をキッチンに運ぶりっちゃんの背中を見るのが辛い。こんな風に突き放したいわけじゃなかった。私の勇気がないせいでごめん。言いたいこと言えなくてごめん。私頑張るから。もう上手くやろうとするのやめるから。

「乾杯しよう」

いつも通りにゴッツンコ。それから私は一気にビールを流し込む。りっちゃんはそれを見てびっくりしてて、その後大きく笑い出した。

「どんだけ喉渇いてたんだよ」

「私元気がないの」

大きな声でハキハキと。律子は目の前で固まったままだからもう一度ビールを流し込む。

「私は元気がない！」

「え……あ、そうなの？」

「うん！」

「むちゃくちゃ声出てるけど……」

そんな風に茶化さないでほしい。面白くしないでほしい。不愉快でも辛くても苦しくてもいいから、今、目の前にいる私の言ってることを聞いてほしい。

律子　吾郎となんかあった〜？

「違う、私の問題。私たちの問題」

「何それ」

「律子元気？」

「え？元気、だよ。元気だから来てるし」

理由を着た。ダウト。

「最近何してた？」

「別に……いつもと同じだよ？仕事して、遊んで、てか3Pの話聞いてよ」

「すっっっごい聞きたいけど、あとでにしよ」

「なに、本当にどしたの？」

わからない。違うわからないは嘘。私は今必死なの。律子に見せたくない私を見せるのに必死で、だから全部バグっちゃうの。スマホを点《つ》ける。今日のために残しておいたフェイスブックを開いてマイページをスクロール、スクロール。すぐにそれは見つかる。

結局こいつらと年越し～64のせいでカウントダウン忘れたのマジばかｗｗｗ来年は絶対やらないｗｗｗ

隣の角に座っている律子の顔の目の前に、その画面を向ける。眩しそうに目を瞑った後、律子の瞳にそれは映った。瞬間、顔つきが変わる。それはさっきまでの、本当に動揺した顔じゃない。粘土でできた硬い顔だ。

律子　やめなってそれ見るの

「やめよう」

律子　うぅ～

「やめよう」

律子　うぅ～

「やめよう律子」

声は止む。静かになった部屋に、ドタドタとした足音と少しの笑い声が聞こえてくる。上からだ。今日は土曜日、真上の住人も宅飲みに勤《いそ》しんでいるんだろう。私たちだってあぁできる。あんな風に、楽しそうに騒げる。私がこんなことしなければ。また後ろ髪を引かれるけれどぶち抜いて、四十六キログラムの全てをかける。

「私もうこれ見ても泣けないんだよ」

律子の黒目が私の黒目を捉《とら》えた。そこに映る自分の黒目が遠く見えて、気球になんてさせるものか。ここは今で、現実だ。私達の間に滑走路はない。

「本当はもう、七年くらい前からそう。私は泣けない。悲しくないわけじゃないよ。でももう、泣けないの。めちゃくちゃ嫌だけど、変わった。全部。そのことを受け入れられるくらい変わった」

目を逸らされる。俯《うつむ》いた律子からまた「うぅ〜」って台詞が発せられた。

「泣いてないでしょ」

律子　うぅ〜

「律子だってもう泣けないんでしょ」

律子　うぅ〜

「もういい。寿司《すし》とるよ」

台本の外に出なくちゃいけない。だから私は寿司屋に電話。律子はいらないと文句を言うけど無視。特上桶《おけ》を二人前注文した。

「お腹空いてないよ」

「本当にそれが理由？」

「そうだよ？」

「寿司が来るの嫌な理由は、お腹が空いてないから？」

「だからそうだって」

「私は違う。いくらが来るのが怖いから、寿司来るのやだ」

「あんたが頼んだんじゃん！」

「いくらが来て、食べたいと思って、たぶん食べれちゃうから、だから嫌だ」

律子は何も言い返さない。ただじっと、足の上に組んだ両手を見つめていて、何を考えてるのかわからなかった。やっぱりこんなの間違ってるんだろうか。私が変わったからって、受け入れられてるからって、律子もそうとは限らない。だけどそれを理由に逃げるのは違う。アミの次は律子のせいにするなんて、流石の私もできない。

「この間吐いたでしょ？」

「え、なんで？」

「私も吐いたから。それでめっちゃトイレットペーパー使って、新品にしたのにその後入ったらまた無くなってたから、あぁこれは律子も吐いたなって」

ごめんねって小さく笑った後に、律子は後ろに倒れた。天井を見つめる姿はそのまま、砂浜で寝ていた私のよう。人って、ちゃんと考えようとすると寝転んじゃう生き物なの？

「吐いた。吐いちゃうんだよね、私たち」

私も横になりたくて、炬燵の別の辺に移る。いつもと違って電球色のままの天井は眩しくなくて楽だった。

「買い出し、私がするじゃん。そん時にさ、本当はウコンも入れたいのよ。だって絶対必要じゃん。でも入れられない。絶対食べないってわかってるピザを入れちゃう」

「うん」

「キムチ好き？」

「そんなに」

「私も。じゃあ、あれは誰用なんだよ」

吹き出せば、向こう側からも同じ音がした。炬燵の中には四本の足があるはずなのに、ぶつからない。

「家まで帰る電車の中でさ、アプリを終了する時、なんか、すっごいしんどいんだよ」

「私もベッドの中で同じ」

「何日か経った後に、検索履歴に」

「出てくる古賀菜摘でしょ」

「あんっっなに虚無なことないよ。でもさ、それでも」

足が当たる。律子の私より長い足が、たぶん今、炬燵の中で伸ばされて、こちら側に出てこようとする。

「そうしたいじゃない」

天井からまた、笑い声が降ってくる。拍手の音も聞こえる。羨ましさに視界は滲《にじ》んだ。

「私だってわかってたよ」

「そっか」

「うん。そりゃそうだよ。でも、言えなかったー」

律子も今、たぶん泣いている。私たちは二人揃って、何に対して泣いてるんだろう。それがアミでないことだけはわかる。あいつは怒るだろうか。

「一輝《いつき》っていうんだ、私の彼氏」

「いつから？」

「去年」

「それが固定と呼んでた人？」

「そう。3Pの三人目は言わなくてもいい？」

それは別にいいって笑えば、あちらも笑った。姿は見えないけれど今、確かに律子が見える。元気そうではないけれど、そこに立ってる、少し太った律子が見える。

ピンポーンとベルが鳴って寿司が到着した。炬燵に乗せて蓋を開けると、飛び込んでくるのはもちろん輝くいくら軍艦。

「白状しよう」

「うん」

右手で摑む。醬油《しょうゆ》皿に底を付ける。左手を受け皿に口の前まで持って来れば生臭い匂いが鼻を掠めた。鏡みたいに同じ姿勢の律子と目を合わせて、今。

「せーの」

丸ごと口に詰め込めば、魚卵は一気に広がった。あの時食べたいくら軍艦よりずっと新鮮で、卵は歯から逃げ続ける。見つめ合いながら追いかけて追いかけて、プチンプチンと割っていく。固体が液体になっても、やっぱり涙は出なかった。

「めちゃくちゃうまいな！」

「うまい！馬鹿だよ！」

「本当に馬鹿！こんなものを十年も食べてないなんて！」

「馬鹿！」

馬鹿、馬鹿、言い合ううちに涙が出る。でもこれだって悪いけど、アミのものじゃない。生きてる私と律子の涙。あんたが死んだせいじゃない。

「うますぎる」

「いくらだけ増やして頼めばよかった」

一人一貫二人前。こんなんじゃ全然いくらは足りないけれど、それなら次からたくさん頼めばいいだけだって、今の私にはちゃんとわかる。りっちゃんは口の中に残ったいくらの余韻を楽しむみたいに頬を膨らませていてちょっとキモい。

「食べたら終わるかと思ってたけど、終わんないね」

プスッと空気を抜いた後、独り言みたいにりっちゃんは言った。なんて言えばいいか、私にはわからない。それが本当かどうかも今はどうでもよかった。ただ、今ここに、まだ終わりが辿り着いていないことをもっともっと感じたい。どうにもできないことしかないけど、それでもせめて、精一杯感じておきたい。なんの役に立たなくてもいいから。りっちゃんの隣にいって、肩に頭を乗せる。あなたと出会って十六年十ヶ月。持ってる記憶と失った記憶、ひとまとめにしたら、それは一体どのくらいの重さだろう。

「雪太った？」

「うん。でも、もっともっと太る」

今日の分とこの間の分、二枚のピザを温めて、真っ黒になった桶に置く。酢っぱくなるじゃんってりっちゃんは言うけど無視して食べる。酸っぱくなんてない。そんな風には混ざらない強烈なピザの味で、私たちはビールを欲した。冷蔵庫から糖質オフの発泡酒を取り出せば「わかる〜」って声がかかる。ちょっと太った私たちは、今ここで二人きり。アミには悪いけど、あんたに発泡酒の素晴らしさはわかんないよ。

ワインに手が届くより早く、満腹の私たちは眠くなった。それにただただ身を任せて、寝室から掛け布団を持ってくる。私が炬燵でりっちゃんがソファ。なんて眠りやすいんだろう。電気を消してポツポツ話せば修学旅行の夜を思い出して、また少し気持ちが過去へと傾くけれど、りっちゃんの言葉で私は現実に留《とど》まれる。

「私もあんまり元気なかった、ずっと」

「やっぱそうか」

「気づいてた？」

「全然。気づく気がなかったからね」

「私もだ」

さほど酔っていない、それなりに冴えた頭で考える。元気になれるなら二人でなりたい。一緒に入学したように、卒業したように、踊ったように、泣いたように、一緒にいくらを食べたように。

「マリオやんない？」

上体を起こしてそう言えば、ソファの上でりっちゃんが続ける。

「マジで何年やればいいんだよ」

台本の中にも、本当のことはあるのだ。


それからも、りっちゃんは普通にうちに泊まりにくる。外でお茶するようにもなる。吾郎の出張は増えて、宅飲みチャンスはいっぱいあるけどそれを全部使おうとはしない。春が来て、夏が来て、一向に隠しミニゲームは出せないまま。でもわざとじゃない。攻略ページを読み上げながら、真剣にマリオに向き合って、それでも条件は満たせなかった。元気があったらワインを飲んで、元気がなければ紅茶を飲んで、どちらにしても二人でいっぱい食べるようになる。ちょっと太ってやばいかもと思い始めた秋の日に、吾郎は私に別れを告げた。

「ごめん、他に好きな人ができて、別れたい。本当にごめん。こんなの最低だけど、雪にはちゃんと、正直に謝りたかった」

誠意のパンチをモロに喰《く》らって、私はぐうの音も出ない。吾郎らしいと言えば吾郎らしくて、こういうところが好きなのにって憎くなる。

「雪のことはもちろん大切で好きだけど、でも、もう付き合えない」

固く握った拳《こぶし》が、電源の入っていない炬燵の上に二つ並んで震えている。

「つまり、吾郎は変わったってことね」

そう言うと、弾《はじ》けるように顔が上がって、怖いものでも見るみたいに大きな瞳を私に向ける。

「すっごいショックだけど、でも、ガキじゃないから止めない」

「ごめん」

「でも、あんただけは気球だ」

「え?」

どんな時間を積み重ねても、生きていれば変化する。だから今、紛れもなく吾郎は生きている。私も彼のおかげで随分変わった。りっちゃんも変わった。そして、私にできるこりません。淋しいけれど、仕方ありません。それを教えてくれた吾郎は最後まで、身をもって人は変わると教えてくれる。この悲しい出来事に理由を着せれば感謝もできて、すぐに世界を私のものにできるけれどそうはしない。悲しみに意味は植えない。元気は天気で季節は秋。私の体重は今、五十二キログラム。ここに詰まった吾郎への想《おも》いとか、記憶とか、お前にまつわるものだけを選んで器用に捨てたなら、四十六キログラムに戻れるだろうか。そうはできていない。そんな風にコントロールはできない。わかっているけど私絶対痩《や》せると決めて、りっちゃんへ。私ハワイに行ってみたいな。

ベストフレンド犬山

犬山《いぬやま》はクラスで一番身体《からだ》の大きな男子だった。小学校ってのはシンプルな力の強さでクラスでの立ち位置が決まる。犬山はその持前の巨体から繰り出す力強い肩パンであっという間にクラスの真ん中に立った。こうやって犬山のことを話すとまるでいじめっ子みたいだけどそうじゃない。まぁ確かに、肩パンされた男子は痛くて泣いていたからそういう意味ではいじめっ子だったかもしれないけど、犬山はしっかり人気者だった。先生をからかうのが上手で、いつも大人の触れられたくない部分をくすぐっては私たちを笑わせてくれる。それに、いたずらを思いつく天才だった。小学五年の冬の日、放課後たまたま教室に残っていた何人かでずいぶん遅くまでおしゃべりをしていたとき。なんてことはないありふれた時間を、犬山は一言で一変させる。

「そろばんで滑りたくない？」

魔法みたいな提案だった。滑りたくないわけがない。私たちは教材室に忍び込み、我先にとそろばんを手に取った。廊下に出たらすぐに床に置いて、汚れた上履きで踏みつけれ

ば、そろばんブレードの完成だ。また別の日には、

「教室にどのくらい水が溜《た》まるか知りたい人？」

なんて意味のわからないことを言い出して私たちを興奮させた。みんなでバケツに水を溜めて、教室の床に撒《ま》く。入り口のドアは閉めて、水が廊下に出ないようにドアと床の隙間に雑巾を詰めた。もちろんそんなの意味ないし、思い描いてたみたいに水は溜まらない。でもいいのだ。やってみないとわからなかったし。びしょびしょの犬山は、

「よし！拭くぞ！」

ってお片付けにも余念がなくて、そういう、ただヤンチャなだけじゃなくてケツを持つ覚悟があるところが眩《まぶ》しかった。大きな身体から発せられる提案はいつだって意味不明で、くだらなくて、ずっとこうやって暮らしたい。犬山の無意味が私の毎日を装飾して、不必要に光る。犬山は、一番どうでもいいベストフレンドだった。多分犬山も私をそう思ってくれていた。小学校を卒業するとき、犬山は全然似合わないパツパツのスーツを着て、卒業証書の入った筒でみんなを殴る殴る殴る。やめろよ〜って声がそこら中から聞こえるけど、犬山は攻撃の手を緩めずにデュクシ！って言い続けていて、私はそれを見て笑う。みんなも笑う。

犬山とは中学校も一緒だったけど、私たちの迷惑な友情が先生たちにも轟《とどろ》いていたからか一年生も二年生も同じクラスにはなれなかった。でも、だからって犬山との友情が途切

れるなんてことにはならなくて、廊下ですれ違えば声をかけるし、下校の時に昇降口で会えば立ち止まっておしゃべりもした。何を話したかは全然覚えていなくて、どうせまた先生の悪口だったんだと思う。進級したら、また犬山と同じクラスになりたい。それでまた、なんにも意味がないことを出来たらいいのにって小さく私は祈っていて、満を持しての中学三年。祈りは通じる。

「またよろしくな〜」

犬山は私が三年四組の教室に入ってすぐ声をかけてきた。

「やっと同じクラスだね」

「だな〜なんか六－四だったやつ多くね？」

「それ思った」

三年四組に、あの頃の六年四組が蘇《よみがえ》ったみたいで嬉《うれ》しい。

五月になると校舎の中は体育祭ムードでいっぱいだった。暇な古文の授業中、窓の外に目をやると、準備万端な青空が待っていてワクワクする。私は運動は苦手だけど、祭り事は大好きで、競技で貢献できないならせめてと思って垂れ幕係に立候補した。仲良しの沙《さ》織《おり》も一緒にやることになって、後の二人は誰になるだろうと教室を見渡すと、犬山の手が挙がっている。

「俺と所《ところ》がやりまーす」

犬山と所と沙織と私！　なんて最高の四人組なんだろう。所と同じクラスになるのは小二の時以来だけど、所がロッカーの上で見たこともない激しいダンスを披露したこと、その後めちゃくちゃ先生に怒られたことを私はしっかり覚えていて、あれからずっと、また所とも同じクラスになりたいと思っていた。六年越しの願いが通じて再会した所はトレードマークのとんがりヘアをやめていて、性格もおとなしくなっていたけれど、私は知っている。所がとんでもなく面白いやつだってこと。この、四人での垂れ幕係をきっかけに、また所がクソガキに戻るといいな。不良の顔色窺《うかが》うのはやめて、踊りたいように踊ってほしい。そのためにはやっぱり、超仲良し四人組になって最高の垂れ幕を作らなくちゃ。私の心は燃える燃える。

「まずはどんなデザインにするかだね～犬山絵上手《うま》いからやって」

「丸投げかよ～」

放課後、私たちは図工室に集合する。今日から完成までの一ヶ月、毎日こうやって放課後居残って垂れ幕を作るのだ。絵の具とニスの匂いが充満する図工室は校舎内でも一番目立たない端っこにあって、教室の前を通る人は少ない。その人気《ひとけ》のなさと、鼻を突く匂い、それから夥《おびただ》しい数の道具達がいたずら心を刺激する。ここでなら、普段できないいろんな無茶ができる。しかもバレにくい。どれだけ四人で居残っていたって、「垂れ幕をやってました」の一言で全てが片付くのも最高だ。犬山、十五歳になったあんたは、一体どんなヘンテコな遊びを教えてくれるの？

「とりあえず、みんなの名前は書きたいよね。あと決まったスローガンは真ん中に大きく書こうか」

沙織がちゃっちゃか話を進めていて、いかんいかん。遊ぶのも大事だけど垂れ幕を完成させることも考えなくちゃいけない。最後の体育祭でうちのクラスだけ垂れ幕がなかったら最悪だ。

「じゃあ、みんなの名前は縁に書く？それで垂れ幕を囲う感じで。私絵は下手だけど名前なら書けるよ」

「それならウチもマユと一緒に名前書くわ」

「え、俺たちは？」

「絵」

「え？」

「絵担当」

「ぜって〜こっちの方が大変じゃんかよ〜つーか絵下手ならなんで立候補したんだよ」

「所は？絵得意？」

「いやぁ」

「じゃあスローガンの字書いて。所がスローガン、私達が名前、犬山が絵ね」

大決定。犬山がしつこく文句を言うから蹴っておいた。

「イッテェ！」

犬山の悲鳴はとっても懐かしくて、小学校の校歌みたいだった。男子を蹴るなんていつぶりだろう。昔は本当に痛そうにしていた犬山だけど、今日は悲鳴の大きさと苦痛の表情が釣り合っていなくて、多分私の蹴りはもう痛くなくなっちゃったんだと気付いた。身体はどんどん変わっていく。

梅雨直前の春はとっても暑い。図工室は風通しの悪い場所にあるから、教室の中はいつもジメジメしていて不快だった。あぁでもないこうでもないと言いながら、鉛筆で下書きをする。一人で持てないほどの大きな布には、椅子に座って書くなんてとてもじゃないけど出来なくて、私たちは堂々と机の上に座り込んで薄く線を引いた。いつもは先生に見つからないように気を配るけれど今回は違う。本当に、机の上に乗らないと書けないのだ。こうやって普段なら怒られることを堂々と出来るのは気持ちが良くて、教室の湿度と対照的に気分は爽快だった。いよいよ下書きが終わって絵の具デビューとなると、私たちの気分はさらに高まる。何度洗っても清潔に見えない黄色のバケツに水を溜めて、パレットに絵の具を出す。赤に白を混ぜてオリジナルオレンジを作る、なんて細やかな作業に集中できるはずもなく、気付けば水遊びが始まっていた。まだ、ほとんど濁りのない水を替えるふりして流しに行き、蛇口に指を押しつける。キュッと捻《ひね》れば、出口を失った水がめちゃくちゃな方向へ飛んでいって、誰かが必ず濡《ぬ》れる。やめろとか、うざいとか言いながら水を撒き続けていると、別のクラスの子達も同じ遊びを始めて、そこら中から「冷たい！」って笑い声が聞こえた。こういうことをするから図工室はいつでも湿気ているのかもしれない。

「あ！」

沙織の大きな声が聞こえてくる。水を止めてそちらを見ると、彼女のスカートには今使った銀の絵の具がべったり付いていた。そりゃそうだ。布の上を移動しながら色を塗れば絶対いつか絵の具が付く。すぐさま私と沙織は制服のスカートを脱いだ。下に穿《は》いていた真っ青な体操着なら、どれだけ汚れても大丈夫。

「二人も体操着に着替えてくれば？」

男子に声を掛けると同じことを考えてたみたいですぐに出て行った。暑いしちょうどいいねなんて話しながら沙織とクラスメイトの名前を丁寧に書いていると、青一色になった二人が戻ってくる。

「やっぱ何回見てもダサいよねうちの体操着」

「色がヤバい」

「犬山ドラえもんみたいじゃん」

「いやいや、お前らの恰好《かっこう》の方が変だからね」

言われて視線を身体に向ける。下は体操着で、上はワイシャツにベスト。確かに、これはかなり変だ。ていうかこれ、卒業式の時の犬山みたいじゃん。からかってやろうと思い筒状のものを探す。何かないのか。

「ベストも脱げば」

所が言った。とても小さな声だったのが不思議で、ぼーっと二人を見つめてしまう。犬山は笑いを堪《こら》えているようで、何がそんなに面白いんだろう。

「なんで？」

沙織が聞くと、犬山が所を小突く。なぜか所も吹き出して、今、この場で何がおもしろになっているのかが全くわからない。

「だって、ほら。ベストも絵の具つくと大変じゃない。ワイシャツならすぐ洗えるけどさ」

「確かに！！！頭良いね！！！！」

そりゃ確かにそうだけど、沙織はどうしてこんなに大きくリアクションをとっているんだろう。そんなにすごい発想でもないのに。探し物の途中だった身体は目的を失ったようにフラフラして、私だけが、何か大切なことをわかっていないみたい。相変わらず犬山と所は笑いを堪えていて、沙織も薄く微笑《ほほえ》んでいる。よくわかんないけど何にしても、犬山の卒業式の真似《まね》の方が面白くない？　そう言いたいのに、沙織がゆっくりとボタンを外し出すのが見えた途端、私もそれに倣っていた。図工室の中は不思議に静かで、叱られてる時みたいにドキドキする。遠くから吹奏楽部の演奏が聞こえていて、それがなんの曲なのかはわからないけれど、大人びた旋律は金曜ロードショーのおじさんが回す映写機から流れてくるあれみたいだった。今からここで、何かが始まってしまいそうで怖い。何か、言わなくちゃ。映画が始まれば日常は終わってしまう。

「やるぞー！」

叫びながら、脱いだベストを机に叩《たた》きつけた。途端に、あっちで作業してる別のクラスの話し声とか、運動部のオーエスって声が戻ってくる。私はその日常にきちんと包まれたくて、筆を取って下書きをなぞることに集中した。

「この方がいいわ〜所ありがとう」

「おう」

「何？なんかついてる？」

「ついてないついてないありがとう」

「おい!!」

三人のおしゃべりと犬山が所を殴った音、その後に続く所の悲鳴が聞こえたけれど、その悲鳴はいつもと違って嬉しそうで、私が聞いたことのない声だった。

放課後にやることは意外と多くて、委員会とか部活動とか、犬山は補習を食らうこともある。最初のうちは垂れ幕を優先していたけれど、流石《さすが》に毎回そうはできなくて、四人揃《そろ》って作業できる日が減ってきた。どの部活も引退は大体夏休み中で、五月は最後の大会に向けて追い込みの時期だった。でも、垂れ幕係だって完成すれば引退なのだ。この四人での貴重な時間を少しでも楽しみたいから、みんなそれぞれ部活に頭を下げながら図工室に通った。部活が休みの木曜日、久しぶりに今日は四人で揃えるかなと思ったけれど沙織がいない。それなら今日は、小学校の頃の話を沢山しようかな。二人は、別の中学に行っちゃった誰かと今も会ったりしてるかな。そうだ、今度同窓会したい！　ウキウキしながらいつもの服装に変身する。ワイシャツに体操着。初めてこの恰好になった時はなんだか居心地が悪かったけれど、もう慣れたものだった。脱ぎ捨てたベストとスカートを適当に畳んでいると、二人がやってくる。

「お待たせ〜あれ、澤口《さわぐち》は？」

「今日テニス部ミーティングで来れないって」

「なんだよ〜久しぶりに揃うと思ったのに。これじゃまた進まねえよ」

犬山がぼやきながら広げ始めた垂れ幕は、まだ下書きを三分の一くらいしかなぞりきれていなくて、そろそろヤバいかもなって私も焦る。

「まぁ、あと二週間あるしさ」

所は呑気《のんき》なもんで、机に座ってなんの準備もしようとしない。

「平気か〜」

犬山も座り込んでしまった。別に、私だって真面目にやろうなんて思わないけど、もし万が一先生が見回りに来ちゃった時のために道具くらい準備しておいた方が良い。

「ちょっと〜手伝ってよ〜」

いつも通りバケツに水を溜めて、一番マシなパレットを探す。忘れ物箱の中から必要な色の絵の具を取り出して二人のところに持っていくと、さっきと一ミリも体勢が変わっていなかった。

「ねぇ！じゃあさ、もう何もしなくてもいいから、とりあえず筆だけ持ってて」

「なんで？」

「先生来たとき言い訳しやすいじゃん」

「でた〜お前ってそういうとこ昔っから抜け目ないよな」

「こうやって説教から逃げてきたから。てかさ、所小二の時めっちゃ先生に怒られてたの覚えてる？」

「あれでしょ、朝のグングンタイム」

「それー！」

私の記憶と所の記憶が繋《つな》がったことが嬉しくて、その時のことを細かく犬山に説明した。

犬山は馬鹿だなって笑った後に、意地の悪い顔で私に言う。

「西村《にしむら》も五年の時机の上で踊ってたじゃん」

「は？でもあれバレてないから」

「え〜？でもめっちゃ人集まってたよ？」

「でも！先生に怒られてないから私はセーフだし」

セーフか？って疑ってくる犬山には、私が正しいってことをわからせてやらなきゃいけない。すぐさま蛇口に向かった。

「犬山を怒る必要があるなぁ」

「やめろやめろ！」

「所も手伝って！」

「よし！」

二人で犬山めがけて水を出す。指で方向を操作するのにも慣れてきて、すぐに犬山に水がかかった。

「冷てえよ！」

「知ってるよ！」

「クッソ」

犬山は水を避けるのをやめて別の蛇口に走る。お前もやるってわけだな？　私は蛇口をさらに捻って水の勢いを強めた。向かいにいる犬山はびしょびしょになりながらこっちに水を飛ばそうと躍起になっていて馬鹿みたいだ。楽しい。楽しくて楽しくて仕方ない。冷たいしウザいけど、こうやっていつまでも遊んでいられたらいいのにって心の底から思う。私と犬山はきっと別々の高校に行く。卒業して、わざわざ会ってまでこんな水遊びはきっとしなくて、もし万が一したとしても今の水遊びとは全然別物になってしまうだろう。目的になっちゃだめなのだ。見てないけどなんとなくつけっぱなしになってるテレビとか、読まなくてもいいけどなんとなく読む歯医者のコナンみたいだから、この水遊びは最高で、そんな時間は卒業したら失われる。

「もういいもういい！」

所が突然蛇口を閉めた。別にいいけど。でも、あともうちょっとだけ続けたかったなと思いながら私も蛇口を捻る。顔に付いた水を適当に腕で拭って机に戻った。

「あ〜もう。今日も全然進まないじゃん。ちょっとだけやろ」

声をかけて机に乗っかる。せめて、クラスメイトの名前をなぞるくらいは今日終わらせたい。まだまだやることはいっぱいあるのだ。このままだと本当に間に合わなくなる。

「わかっ」

犬山の返事が途切れて不思議に思うと、二人のひそひそ声が聞こえてきた。何しゃべってんだろ。もしかして、この隙をついて思いっきり水をかける作戦でも立ててるんだろうか。そんなの悔しすぎる。

「なに!!」

二人を睨《にら》むと、ニヤニヤ顔を押しこんで急にシャッキリと姿勢を正した。

「なんでもない!やろ!ほら!!やろうよな所」

「そうそう、やろうやろう」

二人はガシガシとこちらに歩いてきてあっという間に机に乗った。なんだか気味が悪いなと思いながら作業に戻る。背後から二人のひそひそ声がまた聞こえてきて、バッと振り向くと、二人は慌てたように下を向いて絵の具を混ぜるふりをした。もう一度作業に戻る。

ひそひそ、バッ。ひそひそ、バッ。

「ねぇ、マジで何?なんかしてる?」

「してないよ~なぁ?」

「うん、してないよ。西村こそどしたのさっきから」

「なんかコソコソしゃべってるじゃん」

「いやぁ~しゃべってないけどなぁ」

犬山はとぼけるけれど私は絶対逃がさない。

「しゃべってる。しかもコソコソ。何?なんかついてる?」

「いやぁ~所なんかしゃべってた?」

「何色かしゃべってるだけだよ」

爆発みたいに犬山が笑った。垂れ幕の上でひぃひぃ笑い転げている。こうやって大爆笑する犬山を見るのは初めてだった。だって、今までは私も一緒に転げていたから。犬山が面白いと思うことと、私が面白いと思うことはとても似ていて、同時に吹き出すことだってあったのに。今は何が面白いのかすらわからない。

「は？」

思いの外シリアスな音で出た自分の声を聞くのは恥ずかしくて、絵の具がなくなったふりをして教卓へ向かう。忘れ物箱の中には沢山のチューブが入っているけど、欲しい色は一つもなかった。

「だから、何色の絵の具がいいかしゃべってたんだよ犬山と」

「そうそうそう何色かってな！」

「ふーん。それで何色がいい？」

「水色？」

「水色なんて絵の具ないでしょ」

「そうだよ水色はねーよバカ」

「じゃあ何色がある？」

うふふって犬山の笑い声と、所の「何色？何色？」って小さな声が聞こえる。

「うーん、やっぱ黒ばっかだなぁなんでだろう」

「黒!!」

また爆発した。

「ちょっともう自分で見て！私トイレ行ってくるから！ちゃんとやっててよ！」

廊下に出ると、二人が「自分で見て」って復唱する声が追いかけてくる。声が聞こえないところまで早足で進んだ。自分が仲間に入れないからって拗《す》ねてトイレに行くなんて子供みたいだけど、我慢できなかったのだ。なんでよ犬山。

寂しい。わからないことがとてつもなく寂しい。だけど、寂しいからなんで笑ってるか教えてなんて聞くのは恥ずかしくてできないし、そうやって教えてもらってわかったおもしろなんてきっと笑えない。どうしたらいいかわからない時ってキレてるみたいになっちゃって、これは小学生の頃から変わっていない。やっぱりなんか顔に付いてるのかと心配になって、鏡の前に立った。洗面台はトイレに入ってすぐのところにあって、廊下とトイレの境目がよく見える。木のタイルの床が廊下で、灰色のゴムの床がトイレ。二つの床の間には銀のラインがあって、汚く曇ったこのラインには強い意味がある。ここを境に、私たちははなればなれになるのだ。小学生の頃は、みんながこのラインを利用していた。虫を持って追いかけてくる男子から逃げるため。箒《ほうき》を持って追いかけてくる女子から逃げるため。

確かにトイレは基地みたいで便利だけど、その手を使ったら絶対勝ちじゃん。だから、私はあんまり好きじゃなかった。なんでもありみたいな小学生でも、そのラインを越えないっていうルールだけは守っていて、誰に教えられたわけでもないのに不思議。一体いつ、誰が始めたことなんだろう。鏡に目を戻すと、やっぱり顔には何も付いていなかった。シャツにも目立った汚れはない。まさか、あの時後ろから背中に落書きされたのかと思って後ろを向く。必死に振り返って鏡を見ると、ワイシャツは真っ白なままだった。真っ白に、少しの凹凸があるだけ。蛇口を捻って水を手で掬《すく》い、少しだけ、自分の肩に水をかけてみる。ワイシャツに染み込んだ水が、もっともっと皮膚にも届く。白い布は水の真似をしているみたいに半透明に変わって、この下にある何かを晒《さら》す。私の身体を包んで守って少し縛るその細い膨らみは、キャミソールの肩紐《かたひも》。絶対に、キャミソールの、肩紐。だけど、キャミソールかどうかなんて問題じゃない。そこに、何かがあることは、彼らにはない膨らみが別の場所にもあることの証明だ。出っぱなしになっている水が洗面台に溜まっていく。排水口に隠れていた沢山の女子たちの髪の毛が浮かび上がってきて、ぐるぐるぐるぐる回っていた。

図工室に戻ると二人は片付けを始めていて、美術の先生が早く鍵を閉めたそうに立っていた。

「おいどこ行ってたんだ?」

「すいませんトイレに」

「三－四が一番進んでないよ。ちゃんと進めろよ」

「はい」

先生に注意されるなんてついてない。道具をテキパキ元あった場所に戻して、制服を着る。二人は私の帰り支度が終わるのを待っててくれて、友達だなと感じる。でも、今日だけは。いっそ一思いに置き去りにしてほしかった。だってもう、既に私は一人ぼっちなんだから。二人の話し声が、全部何かの暗号みたいに思えてくる。これ以上惨めになりたくなくて、私はせっかく待ってくれていた二人を突き放すように早足で校舎を出た。今日を吹っ切りたくて、まっすぐ自分の家を目指す。小学校の頃から私の通学路はほとんど変わっていなくって、もう八年もこの道を行ったり来たりしていることになる。八年分の思い出が刷り込まれているこのたった一本の路地は、バックアップフォルダみたいだ。ハブられて泣きながら帰ったことも、逆にハブってしまったことも、トイレを我慢しすぎて漏らしそうになった記憶も全部この路地に保存されている。向かいから来た車を避けようと足を止めると、一軒家の軒先に植木鉢が沢山並んでいるのが見えた。ここにはいつも色んな花が咲いていて、昔生活の授業の宿題で「季節の花の絵を描く」っていうのがあったことを思い出す。私はその植木鉢に咲く花の絵を意気揚々と描いたけれど、家に帰ってママに見せると「季節の花なのに植木鉢じゃん」と笑われた。植木鉢の花には、季節がないんだろうか。いつも変わらずそこにいられるんだろうか。

「西村～」

振り返ると犬山がこちらに向かって走ってきた。

「何、どしたの」

「いや、お前だろ」

「は？」

一緒に帰りたくなかった。だって今まで、犬山と二人で帰ったことなんてなかったから。

今日はもう、新しいことにはうんざりだ。

「なんか元気なくない？」

また初めてのことが起きた。犬山を見ると、今覚えたみたいなわざとらしい真顔をしていて気味が悪い。

「そんなことないよ」

「いや、あるよ」

「うんだからあるよ、元気」

「いや、じゃなくて。そんなことある。なんか無理してるだろ」

「してないって。何？元気ない方がいいの？」

「そうじゃないけど、元気ないじゃん」

「だからあるってば！」

「なんか変だけどな……なんかあった？」

しつこすぎる。私が元気だと何か不都合なことがあるみたいだ。元気のない女子に優しくしてモテようとするメソッドを実行しているのか？　だったら尚更《なおさら》引けない。私にモテようとしてどうすんだよ犬山。私たちは、友達でしょ？

「マジで何もないよ。え、むしろ何？犬山がなんかあったの？」

「俺はないよ。まぁ西村がそう言うならいいけどさ」

夕日の中を黙って二人で歩くことがこんなにも気色悪いことだとは知らなかった。何か、馬鹿みたいな話をしないと。金曜ロードショーが始まってしまう。

「西村はさ、ほんと俺大切だから」

どこからかごま油の匂いがしてくる。この匂いは嫌いだ。

「特別だし」

きんぴらを作っているんだろうか。きんぴらは嫌い。

「俺は小学生の頃西村のこと好きだったからね」

「は？」

「いやだから、西村のこと好きだったんだよ」

「嘘《うそ》だね」

「嘘じゃないよ」

「じゃあいつ？何年の時の話？」

「え〜小六かな」

「じゃあやっぱり嘘だ。小六の時お前はミホが好きだったたじゃん」

「犬山と大前《おおまえ》はミホが好きだった。だから私がミホと家で遊ぶ時呼んだんじゃん」

「……え？」

「そうだっけ？」

「そうだよ、次意味わかんないこと言ったらマジで絶交だから。じゃあね」

過去形だとしても告白されたら多少ドキドキしたり、なんて答えようか悩んだりするものだと思っていたけど、私が感じたのは強くて濁りのない怒りだった。このまま、犬山を無視することはできる。でも、それで本当にいいのか？　たった一度、ませてみせただけの犬山を、自分の世界から追い出して後悔しないか自分に聞く。嘘の告白も、図工室でのニヤニヤも、本当に不愉快だったけど、それ以上に楽しい思い出が沢山あるはずだ。一人で考えていても仕方ない。明日学校に行って、垂れ幕もやって、その時の犬山の態度で決めよう。もしまた、不慣れな真顔で私を心配してきたら、この友情とは距離をおこうと決める。

次の日からの学校で、私は犬山を避けたりしない。犬山も今までと変わりなく私に接した。それがお前の答えならと思い、垂れ幕の時間もいつも通りにふざけながら、ただしきちんとジャージに着替えて、楽しく過ごす。時々二人に、あのニヤニヤ笑いが浮かび上がる。沙織を見ると、そんなの全然気にならない、むしろちょっと嬉しいみたいにニコニコしていて、中学三年生っていうのはそういうもんなんだと悟った。それは別に悲しむようなことじゃないし、男子だけのものでもなくて、みんながみんな、性への興味が止まらない年頃なのだ。沙織がわざと水に濡れに行くのを見て、私は自分が三人と比べて遅れているんだと気付く。犬山のデュクシ！はいつまで経《た》っても聞こえてこなくて、今はもう、デュクシ！とかじゃないらしい。でも、いいの。私が綺麗《きれい》と思ったのは、道に咲いている季節の花じゃなくて、誰かがわざわざ育てた植木鉢のあの花だから。頭の中で、みんなの動きにデュクシって擬音をつける。犬山はあの日以来、私を心配することもなかったし、気色の悪い帰り道もあの一度だけ。卒業まで、ただ仲良く、ただ笑って過ごす。卒業式の日も、いつも通りにふざけ合ってそのまま別れた。

五年後の成人式で、犬山と再会した。卒業以来の犬山だったけれど、相変わらず身体は大きくて、面白いやつのままだった。こいつ誰だっけ？ってくらい変化しているクラスメイトが多い中で、犬山のその変わらなさはとても頼もしい。わざわざ二人で話したりはせず、みんなでわいわい昔話に花を咲かせていたけれど、三次会で行ったカラオケは本当に悲惨だった。みんな自分が大人だってことを証明しようと躍起になっている。一番ダサかった時代を知ってるやつら相手に、よくそこまでカッコつけられるなと感心しながら見ていたけれど、偽物みたいなカクテルをゴクゴク飲むのにも疲れてドリンクバーに向かった。

私たちが成長したのとは裏腹に、そのボロボロのカラオケは何も変わっていなくて、ドリンクバーのラインナップは今日の為《ため》の復刻版かと思うくらいに古臭い。昔なら、このジュースを全部混ぜて部屋に戻れば大盛り上がりだったのに、今じゃそんなの全然通用しないと思うと何も飲む気になれない。

「よう」

立ち尽くしていると後ろから声がかかって、そこにいたのは犬山だった。

「俺もなんかソフドリ飲もうと思って」

「ソフドリって言い方やめなよダサいから」

カップを持って、二人並んでドリンクバーを見つめるのは居心地が悪い。犬山の白い肌に射《さ》す赤みも、まくった袖からのぞく腕、そこに生える豊かな毛も、知りたくない。ここに流れる沈黙がどうしようもなく憎くって、ぶち壊すように口を開いた。

「やっぱメロンソーダだなぁ」

「昔っから好きだよな」

「うん」

「俺さ」

来るっと思った時にはもう遅くて、犬山の言葉が飛んでくる。

「中学ん時、西村のこと好きだったんだよ」

遠くの部屋から同級生の「王様だ～れだ！」って叫び声が聞こえる。少し近くの部屋からはEXILEのバラード。

「いや～好きだったんだよなぁ～」

同窓会での王様ゲームとバラードは、この世で最も退屈なもの。三年間、笑ったり喧嘩《けんか》したりみんなで頑張った積み重ねを一瞬で無に帰《き》すもの。

「嘘だね」

「嘘じゃないよ」

「じゃあいつ？何年の時の話？」

「え～三年かな」

「じゃあやっぱり嘘だ。三年の時お前は春子《はるこ》が好きだったじゃん」

「……え？」

「春子と私部活が一緒だったから聞いてたよ。めちゃくちゃメールくるとか、仲里《なかり》依紗《いさ》に似てて好きって言われたとか」

「……仲里依紗に似てるんだよなぁ」

あちっと言いながらホットコーヒーを飲む犬山は、全然コーヒーに慣れていなくて、慣れてないくせに大人ぶってコーヒーを啜《すす》るとかめちゃくちゃキモい。

「あとさ、垂れ幕係の帰り道に二人で帰ったこと覚えてる？」

「え？覚えてないな」

「あったんだよ二人で帰ったこと。そん時もお前今と全く同じミスしてたからね」

「え？」

「小学生の時私のこと好きだったって意味わかんないこと言ったの。でも小学生の時のお前の好きな人はミホじゃん。どうこれ？今と全く一緒じゃない？」

「……マジか」

「マジマジ。もうほんといいからそのノリ」

犬山を置き去りにして私は部屋に戻る。部屋の中はさっきと変わらず退屈で出来ていて、小学生の頃からずっとガリガリの智樹が採点モードでハナミズキを歌っていた。何が楽しいんだよこれ。本当にうんざりだ。きっともう、こんな風にみんなで集まることなんてない。数人で集まることはあったとしても、こうやってみんなで否応《いやおう》なしに集まることはもうないのだ。今日がアルバム最後のページになるのなら、そのページは百パーセントの笑顔にしたかった。完璧な楽しさで締めくくりたかった。なのに、こんな悲惨なカッコつけ合いになってしまって、気取った嘘の笑顔がアルバムに収まるくらいならいっそそのアルバムごと捨ててしまいたい気持ちに駆られる。

「お待たせしました〜!!」

ハナミズキを切り裂いたのは犬山の叫び声で、その手には濁り切ったプラスチックカップが握られていた。

「歌って喉が渇いたんじゃないですか〜?」

智樹にそのカップを近づける犬山は私のよく知るガキ大将の犬山だ。もう誰も、ドリンクバー全部混ぜで盛り上がらないと思っていたけれど、私の想像とは裏腹に部屋の中は一気に盛り上がる。

「やめろよ〜」

「いいから!おいしく作りましたんで!」

「飲め飲め〜!」

「やだ!やめろ!」

「飲めってばデュクシ!」

「デュクシ!!やばー!!飲めデュクシ!!」

連呼される「デュクシ!!」は、意味不明な言葉で、一気にここは無意味になる。ギャーギャー言うみんなの声が、修学旅行の夜みたいだ。ほしかった最後の写真が、アルバムに収まるのを感じた。取り戻せないと思ったものを、犬山はもう一度作ってくれて、しょうがないから今回だけは大目に見てやろう。やっぱりお前はベストフレンド。でももしまたどこかで再会して、「成人式の時さ……」なんて言い出したら、今度という今度は本当に絶交だからなと睨みながら、私も「デュクシ！」と叫んだ。

万引きの国

私が彼の万引きを目撃するのはもう六回目くらいで、どうでもいいけど今日はやめといた方がいいですよって声をかけたかった。本部から、マネージャーとかいうおじさんが来ているから。いつもはやる気なくぼーっとしている店長だけど今日はやる気に満ちていて、ずっとあなたを見つめています。だから、やめておいた方がいいですよ。私が彼の肩を持つのも変な話だけど、この場で大捕物が起きるのは想像しただけで面倒臭い。お願い、今日はやめてと息を吸う。大きな声を出して彼の注意をひけば、もしかしたら気づいてくれるかもしれない。そう思ってさぁ発語、しようとした私が「あ」というより速く、お決まりの缶チューハイは彼のトートバッグに滑り込む。店長は瞬時に動き出して、ガチリと腕を摑《つか》んだ。

「今、万引きしましたよね」

あーあ面倒臭いことになるよ。吸い込んだは良いものの使い道を失ってしまった空気をため息に変換して吐き出すとマスクが少し膨らんで、風船みたいだなと思ったその時、彼は分厚い猫背からは想像もできないパンチを繰り出し店長をノックアウト。万引きは一瞬で傷害事件に繰り上げされる。暴力を目の当たりにしたのはこれが初めてだった。もちろん、テレビとか映画では見たことあったけど、こんな至近距離で、本物のパンチを見るのは人生初。躊躇《ちゅうちょ》なく繰り出された彼の右ストレートが店長の頬にたどり着くまでのコンマ一秒は永遠で、その永遠の中で私は自分の姿を見る。合わせ鏡みたいに無限に連なる初めましての自分たちはみんな目をハートにしていて、私の知らない私だった。恋を知らない私と、恋を知っている私の出会い。こうして私こと楠《くすのき》朱里《あかり》は、万引き犯による暴力によって今、人を好きになる。ドクンドクンと全身に血が運ばれているのがわかって、歯茎がむず痒《がゆ》い。ダンスが苦手な私の代わりに、歯の一本一本が口から飛び出して踊りだそうとするようだった。恋とか、男の人とか、そんなの興味ないはずなのに。むしろそういうカビ臭い青春とは距離をおいていたはずなのに。大嫌いなはずの白雪姫は私の中にいたようで、ようやく檻《おり》から出た彼女は怒濤《どとう》の如《ごと》く歌い続ける。癪《しゃく》に障る甲高いハミングをどうにか止めたいのに、頭の中で鳴り響くこの音楽を止める方法を私は知らなくて、その場で頭を抱えてしまった。視界に入ったのは足元に伸びている店長で、こいつも私と同じように頭を抱えているから、恋敵のような錯覚を覚えてしまって身動きが取れない。全部全部、意味がわからない。このクソみたいな状況から私を救い出してくれるのは、やっぱり王子様なんだろうか。王子って、万引き犯？　それともマネージャー？

「何してるんだ！」

王子候補のマネージャーが叫んだことで、コンビニは現実に引き戻される。我に返ったもう一人の王子候補、万引き犯は途端に出口へ走っていって、その必死な後ろ姿はシンデレラのようだった。それならじゃあ、今度は私が王子だろうか。鬱陶《うっとう》しいハミングを振り払うように、彼を追って走り出す。店を出る。だけど展開は童話通りで、私は全然彼に追いつけなかった。

その後すぐに警察が店に来る。頬を腫らした店長と一緒に、私も話をしなきゃいけないみたいだけど、時刻はもう二十二時を過ぎていて、シフトは終わりだ。それに、まだ十七歳の私はもう家に帰らなければいけない。警察はかなり粘ってきたけれど、親が厳しいとか、早く帰らないと怒られると伝えると諦めてくれた。ようやく私に日常が戻ってくる。

今夜はキコとカズマとシンの四人で、ビデオ通話しながら勉強をする約束なのに、少し遅れてしまいそうだ。この勉強会は、一年生の時から続くテスト前の恒例行事だった。私たちは学校でいつも一緒にいる。きっかけは、私たちの苗字《みょうじ》がみんなカ行だったから。梶原《かじわら》、木下《きのした》、楠、小林《こばやし》。

高校最初の登校日、ガチガチに緊張して教室に入った私を待っていたのは、二年生みたいに慣れた様子で座席に座る三人だった。賑《にぎ》やかすぎる教室の一角に、私の到着を待つみたいにぽっかり一席浮いている。まだ友達が一人もいないっていうのに、初《しょ》っ端《ぱな》からあんな、既に完成されてる雰囲気の中に入っていかなきゃいけないなんて。やっぱり、家から近い高校に通えばよかった。そしたらこんな、怖い思いをしないで済んだのに。自分の席はわかってるのに、わざとわからないふりをしてキョロキョロと、口の中で「どこだろう」とか呟《つぶや》きながら席に近づいていくと、大きな声が降ってくる。

「もしかしてここ?楠さん?」

細い目の上に、これでもかってくらいにラメが乗っている。今日が初日なはずなのに、もうずっと着ているみたいに柔らかそうなワイシャツをだらしなく弛《たゆ》ませているその女子が、キコだった。

「そうです」

「おー!揃《そろ》ったー!」

私の隣の席、そこはカズマで、立ち上がった姿は私よりずっと大きい。

「俺たちだけなんだよカ行、このクラスで」

だからよろしくって笑うカズマは見事なマッシュで、綺麗《きれい》な茶色の髪の毛が、大きな彼の瞳に刺さってそうだった。ていうか目、見えてんの?

「あ、よろしくお願いします」

「ごめんねいきなり楠さん。座れよお前怖いから」

カズマのシャツをぐいと引っ張ったのがシン。眠そうな表情の割に、色黒で、ガタイが良くて、スポーツマンなんだろうか。ていうかこの三人は、同中から来たの？　それどこの中学？　教室の中には、この三人以外のグループもあったけど、圧倒的に輝いているのが彼女たちだった。なんかみんな大きいし、同じ制服を着ているはずなのに着こなし方にこなれ感がある。私は必死に、形が崩れないようにぎゅっとネクタイを結んできたのに、男子二人はゆるゆるだし、キコにいたっては結んですらない。首元にただかけっぱなしになって揺れている深緑のネクタイは、卒業を控えた先輩みたいに大人っぽかった。三人の何がそんなに大人っぽいのか、見つめても見つめてもわからないんだけど、そうやって人を見つめたりしないところなのかもしれない。もしも私の苗字がカ行じゃなければ、この三人と仲良くなれたかどうかは怪しくて、席が遠ければきっと、ただ口を開けて憧れているうちに一年生は終わっていただろう。でも、なんてったって私の苗字は楠で、パパママ、マジでありがとう。苗字のおかげで多分私は、一軍に入ることができました。教室の一番廊下側、しかも一番後ろの四席が私たちの陣地だった。ここは先生のマークが薄いから、授業中はいつも四人で囁《ささや》き合ったり手紙を回したり、交換ノートをやってた時期もある。そこに綴《つづ》られる字は、私のだけ丸い。使うペンの色も、ちょっと書き足すハートマークも、全部全部、私だけ十二歳みたいで、高校の為《ため》に新調した文房具は全部使うのをやめた。代わりに私はお兄ちゃんのシャーペンとかを勝手に借りて持ってくる。

「いいねそのシャーペン」

シンが褒めてくれる。わけわかんないけど、多分大切なのはこなれ感で、私は早くワイシャツをクタクタにするために、休日でも制服を着て過ごすようになっていた。ようやく制服が身体《からだ》に寄り添い始めた頃には、ほとんどの生徒は部活に入っていて、私達四人は帰宅部。入学前までは吹奏楽部に入ろうと考えてたけど、三人といるうちにピンと来なくなった。だって、四人でいる方が楽しいし、四人でいる方が成長できる。

「部活とかやって、そこで凄《すご》いシゴかれたり、縦社会とか習っちゃうのって、うちらにとって良くなくない？昭和じゃん」

非常階段でミルクティー飲みながらキコがそう言った時、私は拍手喝采。でもカズマもシンも普通にそれなって顔してたから、私も必死に無表情でそれなを作った。シンは中学までバリバリの陸上部で足も速いらしいけど、もうそういうのはいいらしい。社会に出たらそんな走んないしって、太い首をさすりながら言う姿は大学生のお兄ちゃんよりずっと大人っぽかった。

四人だけのカ行。お揃いの帰宅部。そうやってどんどん私たちはひとつになる。男女二人ずつの仲良しグループだからか、時々「どっちかと付き合ってるの？」なんて聞かれたりして、私はその度産毛を逆立てながらピクリと揺れた。「違うよ」と小さな声で答えながら、聞かれたってことで既に一勝みたいな気分になる。優越感が収まったら、自分自身にもう一問。「今は？それともずっと？」その答えはわからない。でもどうしたって、カズマとシンを異性として意識していたし、それをキコに相談する未来にだって憧れていた。月から金まで私の世界は淡いピンクで、三人を追っていた瞳は少しずつ、カズマだけを追い始める。恋、と呼ぶにはまだ早いけど「ここに何か埋まっているかもしれません」ってダウジングマシンが作動するみたいに、黒目はカズマにだけよく反応した。恋の足音は夏の気配と二人三脚、ゆっくりゆっくり近づいて、私に触れる前に消える。

「僕、お兄ちゃんがゲイなんだ」

初めての期末テストが終わった日、打ち上げで行ったバーミヤンでカズマの告白は始まった。

「小さい時からなんとなく、他の人と違うなって感じはしてたんだけど。何年か前に僕に話してくれてさ」

え？って顔をしてるのは私だけで、隣に座るキコと斜め向かいのシンは食い入るようにカズマのことを見つめていた。

「僕に話すかどうかも、きっと悩んだんだと思うけど、僕は話してもらえてよかったと思って。だってさ、僕だってわかんないじゃん、誰を好きになるかなんて。自分がどんな人間かもわかんないし。でももし、お兄ちゃんが話してくれてなかったら、好きになるのは女の子って決めつけちゃってたかもなとか、思うんだよ」

絞り出すような表情とは裏腹に、カズマの声は歌うように心地よいリズムで、芸人さんの鉄板ネタを聞いてるみたいな気分だった。この話をするの、何回目なんだろう。どうしてお兄ちゃんの話をするんだろう。

「わかるよ」

悶々《もんもん》としている私を置き去りに、キコはいとも簡単に返事をした。

「私も、男とか女とかほんと、そういうので縛られるのってダサいと思う。女の子を好きかもって思ったことあるし」

「俺は好きな人とかできたことないからなぁ」

「アカリは？」

キコの問いかけで、一気に私に視線が集まる。まつ毛に静電気が触れたみたいだった。見慣れている六つの黒目が、知らない輝きを宿しながらこっちを見ている。

「アカリはどうなの？」

キコのアイシャドウが瞬いて、彼女が興奮しているんだとわかった。この期待に、どうすれば応えられるんだろう。何を求められてるんだろう。

「私、は、男の子がとても好きなんだよねぇ」

改めて言葉にすると照れちゃうけど、私はすごく男の子が好きだった。こんな風に口にするのは初めてで、赤点見られたみたいなくすぐったさを感じながら視線を上げる。そこには一つの黒目もなかった。

「そっか」

曖昧に放られたカズマの返事には失望の色が混ざっていて、これじゃないんだとすぐにわかる。

「ま、でも、今は、でしょ？」

キコは右手でいじっていたストローをコップの中に落として、私に身体ごと向き合った。

「大丈夫。どんどん変わってくよ」

「うん。大丈夫だよ。俺も前はそうだったし」

「そうだよ。大丈夫。お兄ちゃんもそうだって言ってた」

大丈夫、ってことは、私は今、大丈夫じゃないんだろうか。女の子に生まれて男の子が好きなのは、微妙なことなの。「私も最初はそうだったし」って笑いかけてくれるキコの眼差《まなざ》しには、確かに愛情がこもっていて、だけど今、自分に愛情が与えられる理由がわからなかった。

「そうだよ。アカリってなんか、不思議なとこあるし」

「わかるー！」

「え、そう？」

「うん。自分で気づいてないだけだよ」

三人は確かに私の話をしているのに、誰の話かわからなくて、必死にご飯を頬張った。素っ頓狂なその姿を見てみんなが笑う。ほらねとか言いながら。

「僕たち変なグループだね」

「ね！でも私好き、こういうの」

「俺も。俺たちはさ、こういう形でいよう」

こういう。三人の中では通じる言葉が私にはうまく伝わってこない。私たち四人はひとつだってことになっているのに、そこに自分が含まれている気がしなくって、どんどん汗が噴き出る。私はその汗を、麻婆豆腐《マーボーどうふ》のせいにした。大人ぶっていっぱいかけちゃった花山椒《ざんしょう》も、確かに汗をかかせているんだし。正直に「大丈夫って何？」って言えたらどんなにいいだろう。だけど、三人に失望されたくなかった。だから帰り際、レジで売っていたキラキラのクマの指輪を色違いで買うことになった時、私は迷わず青を選んだ。こういうことだよねって目配せとして。その選択は「私はこれから、こう生きるんだぞ！」っていう盟約みたいなものだった。どんどん、変わっていくから。みんなみたいになるから。ちゃんと、みんなの横に立てるようになるから。青を選んだ私を見て三人は、さすがじゃんって具合に笑ってくれて、だから大丈夫。今からでも遅くはない。三人に追いつけば良いだけなんだと姿勢を正したことをよく覚えている。その青いクマの指輪はボールチェーンでスマホケースと繋《つな》がれていて、あれから一年経《た》っても新品のように綺麗なままだった。

ラインしようとスマホを取り出した私とクマの目はバチリと合う。バイトが延びてちょっと遅れるって言えばいいだけなのに、さっき起きたことの情報量が多すぎてどう伝えればいいかがわからなかった。店から少し離れた自転車置き場に向かいながら、私はコンビニでの出来事をゆっくり思い出してみる。常連客であり常連万引き犯の彼が、捕まりそうになって店長を殴った。それを見て私は彼に恋をした。私は、彼に、恋をした。こんなこと言ったら、三人は私を軽蔑するだろうか。私の中にも白雪姫がいたなんて知られたら。みんなは今でも「大丈夫」って言ってくれる？　それとも変化のない私に呆《あき》れますか？　令和に白雪姫なんてイケてない。そんなことよくわかっているはずなのに、どうして私、こんな気持ちになっちゃったんだろう。心が動いた瞬間がどこかって、自分でよくわかってる。彼が人を殴った時だ。あそこがハイライト。最悪だ。暴力なんて、白雪姫と同じくらいイケてない。前に四人で好きな音楽は何かって話をしている時、私が好きだと言った曲の歌詞に「反撃のパンチ」が入っていたせいで、私宛のプレイリストが作られたくらいだ。「アカリ、趣味は人それぞれだけど、多分こういうのの方が好きだと思うよ？三人で作ったから聞いてみて！」

全四十五曲収録のプレイリストを一刻も早く聞き終わるために、私はしばらく大好きな深夜ラジオを聞けなかった。歌詞に入っているだけでこうなるのだ。暴力によって恋に落ちたなんて知られたら、今度は「大丈夫」すら言ってもらえないかもしれない。

どうして、こんな風に恋をしてしまったんだろう。ダイエットするって決めた日に三角チョコパイ食べちゃうみたいに、私はいつも、ダメだってわかってる方に手を伸ばしてしまう。青いクマがどれだけ目を光らせていても、カズマとシンの私より太い腕とか、隣に立った時の汗の臭いを無視することはできない。感じるたびに身体にぎゅっと力をいれて、邪念を振り払うように指輪をはめた。歩きながらいつもみたいに輪っかに指を通してみると、冷えた金属に中指が反応する。夜風で急激に身体が冷える。七月の空気は生ぬるいけど濡《ぬ》れた身体を冷やすには十分で、風に吹かれて私は初めて、自分が濡れていたことに気づいた。あ、こんな言い方したら下ネタみたいか。マスクの下で慌てて唇を噛《か》んだ。発言だけじゃなく、もっと思想ごと気をつけないと、私は変われない。三人みたいになれない。ブカブカの指輪を付け根まで持っていって、ぴたりと合うように締め付ける。輪を閉じれば閉じるほど、さっきじくっと温まった下腹部あたりに、昨日までなかった何かが存在しているのがわかった。怖い。この何かはきっと私の足を引っ張る。これ以上置いていかれたくないのに。スマホが震えたから咄嗟《とっさ》にロックを解除すると、すぐさまライン画面に突入してしまって、グループラインに既読が刻まれた。

「俺今から始める〜」

シンからのメッセージの下には「グループ通話が始まりました」って表示が出ていて、私は今すぐ「遅れるかもごめん！」って送るべきなのに、後ろめたくってそれができない。

三階建ての自転車置き場は、一階が一時利用、二階三階が定期利用で、私の陣地は三階だった。だだっ広いフロアの中に、ポツンと私の赤の自転車が停《と》まっている。何故《なぜ》かわからないけれど、子供の頃からこの場所が好きだった。誰でも入れる場所なのに、誰でも入ってくることはなくて、人の気配を感じない。建物の上には線路が走っていて、時折ガタンゴトンと地響きみたいな音がする。三階にいるのに上から地響きを感じるのは矛盾していて、それがなんか、自転車置き場の位置を不安定にさせているのだ。床面は自転車のためにツルツル舗装されていて、私は無人のこの空間を意味なく自転車で走り回るのが好きだった。網目の粗いカゴにリュックを入れて鍵を開ける。カチャッて音が、ひんやりとしたコンクリートの空間に反響して、無数の自転車の鍵が開けられたみたいに聞こえる。今からチャリを飛ばせばギリギリ間に合いそうだし、遅れたとしても数分だ。そのくらい、バイト終わりだったらよくあることで、だから、とっとと帰って、何食わぬ顔でいつも通りに友達と勉強すればいいだけなのに、気が進まなかった。そんなはずないってわかってるけど、恋に落ちたせいで自分の顔が変わっていたらどうしようって不安なのだ。頬が赤かったり、なんなら、お湯を注ぐとハートが浮かぶマグカップみたいに、私のおでこにもハートマークが浮かび上がっているかもしれない。確実に体温は上がっているのだ。そんなの絶対ありえないけど、でも絶対ありえないことがさっき起きてしまったから、もう私、絶対とか信じられません。とにかく一旦《いったん》落ち着こう。「場内、下車してください」の貼り紙を尻目にサドルに跨《また》がって、その辺をスイスイと走った。滑らかすぎる床は水たまりのようで心地良い。波紋はそこに広がらず、でも私の胸には広がり続ける。やっぱり、あのパンチが忘れられなかった。あの、猫背の彼。こんなに心を摑まれるなんて、もしかして私は元々、あの人のことが気になっていたんだろうか。それってつまり、彼のビジュアルが好みって話で、いやいやないない。だって私の好みは、色白のって考えたところで、注意喚起のポップアップが脳内に出現する。

「見た目で人を好きになるってさ、なんか浅いよね」

わかる〜！

「大事なのは性格じゃん」

だよね〜！

「強いていうなら脳じゃね？」

脳！　脳って!!

「えそうじゃない？」

めっっっっっちゃわかる。

私の好きなタイプは脳だから、あの猫背の彼のことが元々タイプだったとかはないです。だって、どんな人かもわからないのに、好きになんてなれないじゃん。なので、全然。好きなタイプの人だから恋に落ちたわけじゃないです。ってことはもっとやばくない？　自分が恋に落ちてしまったことの大義名分っていうか「じゃ仕方ないね♡」っていう理由がほしいのに、探せば探すほど遠のいていく。私が頭のおかしい男好きである確率が上がっていく。でもなんで「仕方ないね♡」を探してるんだっけ。この「仕方ないね♡」は私から私にかける言葉？　それとも誰かに、キコたちに言ってほしい言葉？　それって要は、キコたちに「恋しちゃった」って話したいってことで、自分の中にまだそんな俗っぽい欲求が眠っていたことが本当に嫌だ。思想をどんどんアップデートして、みんなみたいになりたいのに、私の脳はいつまでもいつまでも平成で止まっている。男子の目を意識して、モテるためにグロスを塗って、私服で普段とのギャップを見せて、とか、今すぐ消去したい知識は、剃っても剃っても残ってしまう膝の毛みたいに私を覆っている。あーあ。私のお兄ちゃんもゲイだったら。女の子を好きになったことがあれば。むしろ恋なんて知らなければ。もしそうだったら、私も三人みたいにいられたのかな。「大丈夫」なんて、言われなかったのかな。ぐるぐると走り続けていた自転車にブレーキをかける。キュッと音がして静止する。私は今、また間違えた。間違いを正そうとしてもっと間違えた。最低だ。救いようがない。ここで今、私は一人きりなのに、全校生徒に見られてるみたいに惨めだった。

それでも私は諦めない。なりたい私になりたいから、惨めだけでは終われない。気分を変えるために、今日は二階も走って帰ろうと決める。二階には窓があるのだ。眺めがいいなんて全く言えない、ただの窓だけど、私はそこから顔を出すのが好きだった。自転車置き場の真向かいにはテナントビルが建っていて、一階は古本屋、二、三階は塾。どちらも人が集まる場所で、店先に停められた自転車は車道に溢《あふ》れ出している。目の前に自転車置き場があるのに、どうしても駐輪にお金を払いたくないっていう強い意志がそこにはあった。そのせいで、ガサツに並べられた自転車は倒れたり、ぶつかり合ったりしている。その様を定期利用の窓から眺めるのは、なんか優雅で、マリー・アントワネットにでもなったみたいだ。それは心地良いのと同時に、特権への憧れっていうか、結局何者かでありたいんだっていう自分の気持ちを認知する行為で、ばつが悪いけど、それがむしろ私の身体をほどくのだ。結局、みんな特別になりたいじゃんね。意識高くても低くても、そこは同じじゃんって、開き直れる四角い枠。窓辺に向かうと、そこには先客がいて、後ろ姿は猫背で、彼。

ネイビーのTシャツが、もっちりとした肩と背中を包んでいる。元々なで肩なのか、今日は人を殴ってしまったからかわからないけれど、両肩は普通よりも沈んでいるように見えた。グレーのズボンは身体のラインに寄り添っていなくて、彼がどんな脚を持っているのか全く想像できない。脚だけじゃなくて、私は彼のこと、何もかも想像できそうにない。ただ本当に、彼のいる窓辺だけが明るくて、これって外から入ってくる街灯の光のおかげなのか、私の生んだバグなのかどっちだろう。たった今、なりたい私になるんだぞって気を引き締めたはずなのに、数メートル先にある彼の背中があまりにも生々しくて、生き物って感じで、私の脳は退行する。引き上げようとしたIQがすごい勢いで低下して、代わりに身体が熱くなる。今、私が急に話しかけたら、彼はどんな顔をするだろう。私があのコンビニ店員だって、気づくだろうか。もし気づいたら、私もあの店長と同じように殴られる？　それを想像すると、体内に新しい芽が埋められたみたいに命の気配がした。もっと酸素が必要で、呼吸は速まる。心臓が揺れる。これじゃあもう殴られたいみたいだ。え、殴られたいんですか？　私が？　そんなはずない。痛いのは嫌いだ。違うそれ以前の問題で、暴力はダサいです！　でも、じゃあ、これは何。この気持ちは何。わからない。頭の中は「何」で埋め尽くされて、いつしかそれは「知りたい」に変わる。私は知りたい。この気持ちが何かを知りたい。あなたを知りたい。欲求は身体に直接指令を出して、私は彼に近づいていく。

「あの！」

コンクリートが私の声にエコーをかける。その反響に乗って、彼の身体がゆっくり動く。窓枠にもたれかかったまま、顔だけがこちらに向けられる。目と目が合う。顎までずり下げられたマスクのおかげで、私は初めて彼の顔、その下半身を見る。

「はい？」

柔らかい声だった。声帯から出た音が口から出てくる前に、一度ラップとかで塞がれてるみたいな、どこかで一度減速してから出てきたみたいな声。それは、さっき人を殴ったとは思えない、覇気のないぬるさで、現実味がない。

「なんですか？」

なんでしょう。私、何を言いたくて声をかけたんだっけ。それって決まってたっけ。決めてなかった気がする。何も考えないで声をかけた気がする。私の中にいる沢山の私がみんな揃って「私の責任ではないです」ってそっぽを向いて、肉体だけがただ逃げられずにここにある。最も責任感の強い私、たぶんそれは皮膚のない身体、みたいな私がようやく目を覚まし声を出す。

「びっくりしました」

「はい？」

「さっき。あなた、いきなり殴るから」

「……え」

「いつもご利用ありがとうございます」

「あー……いつもいる人だ」

「アルバイトの楠です。あなたの名前は？」

「……なんで言わなきゃいけないんですか」

ラップを外したんだろうか。さっきより少し声が通る。怒ってるみたいっていうか、たぶん怒っているのだ。なんでぇ〜。びっくりしてニヤけてしまう。マスクしてるしバレないかなって思ったけれど、ガッツリ目元も弧を描いていたようで、それを見た彼の目は少し険しいものになる。重たい前髪のせいで見えないけれど、きっと今、眉毛がぎゅっと真ん中に寄っているんだろう。

「言う必要ないですよね別に」

「必要はないです」

「じゃあ」

「でも知りたいんです」

「嫌です」

「じゃあ通報しますよ」

ポケットからスマホを取り出して掲げると、真白い彼の顔面に影みたいな皺《しわ》が刻まれる。そこに人差し指の先端を埋めてみたい。カサカサなのかモチモチなのか、ギュウギュウなのかスカスカなのか知りたいの。

「やめてください」

「じゃあ名前」

「やめろ」

彼は怒っているけれど、さっきより馴《な》れ馴《な》れしい言葉遣いが嬉しくて、楽しくて、アルプス一万尺とかしたい気分。好きな人の心が今、目の前で動いている。私の言動を理由に。それを感じれば感じるほど、面白いくらいに私の口も動く。知らない言葉を喋《しゃべ》れるようになったみたい。

「やめなかったら私のことも殴りますか?」

そこで開けっぱなしになっている窓から夜風は吹き込まない。白熱灯に照らされている駐輪場は蒸していく一方で、私はまた自分の身体に湿度を感じる。

「殴っていうこときかせますか?」

頭がじんじんする。理性が必死に頭蓋骨を叩《たた》いているんだろう。馬鹿なことやめなって。危ないから帰りなって。そんなことはわかってる。やらないほうがいいことなんて、大体わかるよ私にだって。だけど歯止めが利かないの。それは私が、本当にダサいみっともないどうしようもない人間であることの証明のようで、情けないのにどこかホッともしてしまう。

「そんなことしません」

「名前」

「……並木《なみき》」

「並木!」

「はい」

「並木！」

「はい。え、なんなんですかほんとに」

私の好きな人は並木。なぜかはわからないけど並木。名前を手にしたことで実感が湧いてくる。

「並木さんが好きです」

「は？」

「だから別に、捕まえて警察に連れてこうとか、本当はそんなこと考えてません」

「なにお前」

刻まれていた深い皺は全て消えて、平らな皮膚が帰ってくる。一瞬空っぽの顔になった並木さんはすぐに感情を取り戻して、横に長い唇を歪《ゆが》めた。瞳からハイライトが消えて、汚いものを見るみたいに私を見ている。当たり障りのないさっきまでの並木さんより、今の並木さんの方が好きだと思った。

「……信じてないですよね？」

「いや、え、マジでなに」

「だから好きなんですよ」

鳥肌が立つみたいにスマホが震えた。待ち受け画面が通知で埋め尽くされている。きっと、キコたちからだ。時刻はまもなく二十三時で、もしかしたらもう、三人はビデオ通話を始めているのかもしれない。どうしよう。ゆっくり深く動いていた心臓が、急《せ》かすように暴れ始める。遅れるって連絡しなきゃ。それから急いで帰って、少しでも早く参加しなきゃ。でも。だけど。今ここで起きていることを、私は手放したくなかった。それって、友情より恋愛を選ぶってこと？　そんなのだめだ。今ならまだ、戻れる。誰にも知られないまま、この醜態を封印できる。わかっているのに身体は動かなくて、代わりに並木さんが出口に向かって歩き始めていた。

「動かないで！」

どうして、間違っていることはこうも簡単にできるんだろう。

「止まらないと通報しますよ！本気です！」

ロックを素早く解除して、躊躇なく１１０とダイヤルを押す。それを並木さんに向かって掲げれば、大きなため息と共に足が止まった。

「そこにいてください」

ゆっくり並木さんに近づくと、彼はほんの少し後退した。私が怖いんだろうか。さっき人を殴ったのに？　変な人。でも、怖がっている彼もそれはそれで可愛《かわい》くて、私は無理やり距離を詰める。こんな、誰もいない夜の駐輪場で男の人と二人きり、接近戦なんて、怯《おび》えるべきは本来私だ。でも今、私には恐怖がない。白雪姫が森で急に王子とデュエットできることがずっと不思議だったけれど、今ならわかる。私は全然、今ここで彼と歌えるし、踊れるし、なんだってできる。そういう特別な信号が、身体を満たしているのがわかる。

「ライン返すので、ちょっと待っててください」

「はぁ」

グループラインには「シンはや！やる気すごい」とか「私ももうすぐ〜」みたいな他愛もないメッセージが溢れていて、もう三人はビデオ通話を始めているようだった。スクロールする指が止まった時、ちょうど新しいメッセージが届く。

「アカリーおいでー」

なんてことはない。別に怖くない。普通のメッセージだ。なのに、今の私には「アカリー」がリードみたいに感じられて、画面の中に引き摺《ず》り込まれてしまいそう。「戻ってきな」って言われている。私だって戻りたい。みんなのいる、明るくて、イケてて、そういうんじゃない場所に。でも、戻るって、そもそも私はそこにいたの？　簡単にできることとできないこと、どっちが私の真実かなんて、わかりきったことだった。意思はどうあれ私は元来、ここにいるみたいな人間なのだ。だから変わりたくて頑張りたくて、身動きが取れない。並木さんをあまり待たせてもいけないから、私はグループラインに走ってる女の子のスタンプを押して画面を消した。ボタンなんてないのに、やけに重たい送信だった。

「完了しました」

そう言って笑いかけても、並木さんは笑い返してくれたりしない。ただひたすら怠《だる》そうな顔で、目の前に突っ立っているだけだ。いつもわたしたちを隔てているカウンターはここになく、何も私たちを隔てない。試しに大きく鼻から息を吸うと、マスク越しでもはっきりと人間の匂いがした。キコたちから香るセンスの良い香水の匂いとか、運動部からする汗の匂い、それに重なるシーブリーズの匂いとも違う。あの食べ物とかその花みたいに例えることができない、並木さんの匂い。好きな人の匂い。

「で、なんですか？」

「え？」

「なんか用ですか」

用。別に用はない。思いだけがある。

「あー。好きになっちゃったんですけど」

「本気で言ってる？」

「はい」

シュッと息を漏らす音を出しながら、並木さんは初めて口角を上げた。愛想とか愛情とか愛嬌《あいきょう》とか、なんでもいいけど「愛」って付く言葉が完全に含まれていない、ひどい笑顔だ。私は彼の、そういう悪意に満ちた顔にもグッときてしまって、間違った感情は雪玉みたいに大きくなる。心が身体をはみ出しそうで、諫《いさ》めるように息を吸う。その音すら「好き」の二文字になってしまいそうだった。並木さんは毛量が多いこんもりとした髪の毛に指先を埋めながら、どこかに転がっているはずの言葉を探している。

「なんでですか？」

今度は私が言葉を探す。彼ほど膨らんでいない髪の毛の中に両手を潜《くぐ》らせる。たぶんそこには何もないけど。

「それが私もわからないんです。さっき、並木さんが店長を殴ったのを見て、好きになりました。別に前から好きだったとかじゃないんです。かといって嫌いだったわけでもなくって、あ、万引きの人だくらいの印象だったんですけど」

「気づいてたんですか？」

「気づきますよ」

「え、知っててほっといたんですか？」

「はい。まぁ別に、いいかなって。買う日もあるし。え、ていうか買うのに万引きもするのはなんでですか？」

「十九なんで」

「え？」

「十九歳だから。買えないじゃないですか」

法律違反だから、買えない。だから、盗む。

「アハハハハハ」

行動と理由が突拍子もない線で結ばれて、私は笑いが止まらなくなる。この人、ちょっとおかしいんじゃないの？　罪の意識とかないわけ？　なんだか「こう生きたい」とか「こういう人間でありたい」って考えてることが馬鹿っぽく思えてくる。握っているスマホ、そこにゆれるクマも、心なしかキラキラが少なく見えて、笑い続けているはずなのに冷たい汗がうなじを撫《な》でた。

「そんなにおかしいですか？」

「いやだって、ふふ、さっきも思ったんですけど、なんか、無駄に罪増えてません？」

「え？」

「ほら、元々は、飲酒だけじゃないですか、罪。でも、その罪を達成するために窃盗罪が乗って、今日なんて、窃盗罪を回避するために暴力もやっちゃって、アハハ。凄い。凄い増えてく」

確かに、と言って、並木さんは笑った。今度は悪意のこもっていない、シンプルな笑顔だった。可愛い。私より二つ年上だけど、こうやって笑ってる姿は同い年くらいに見える。

「そんなにお酒飲みたいんですか？」

「うーん。わからない。でも、飲みたいんだと思います」

「へぇ」

「……飲んでみますか？」

肩にかけていたトートバッグから、缶チューハイが取り出される。右手に握った缶と二人で、私を見つめてくる並木さんの上目遣い。そこには、私を嘲笑《あざわら》うみたいな奥行きがあって、また心音が深くなった。カズマやシンの瞳には見たことがない、楕円《だえん》に歪んだ瞳孔が、私の時間を静止させる。ドクンドクンと鳴るはずの心臓は、ドッと鳴ったきり。クンが来ない。

「……じゃあ。せっかくなので」

気づけば勝手に返事をしていて、プシュッてプルタブが開く音と同時に心音も帰ってくる。マスクをずり下げるとグレープフルーツの匂いがして、人間の匂いは簡単に消えてしまった。並木さんから受け取った缶をそっと鼻に近づけて匂いを嗅ぐと、グレープフルーツより強く、アルコールの匂いがした。全然美味《おい》しそうじゃないこの匂いを、私は知っている。高校入学直前の、中学生活最後の春休み。クラスメイトと夜の公園で遊んだ時に嗅いだことのある匂いだった。別にうちの中学は荒れてたわけじゃないけど、でもまぁそれなりにイキった子たちは存在していて、確かそのうちの一人、ヨッシーが飲んでいたのだ。それに続くように、他の何人かもチューハイを持ってきた覚えがある。私はあの時も、誰かからなんとなく一口もらった。自分で買いはしないけど、なんかテンション上がってそういうことしたくなるよね～って気持ちはわかるし、どうせあるなら飲んでみたい。別に大したことじゃない。だけどその話をキコたちにした時、三人は猛烈に私の地元を批判した。

「それどうなの？なんか子供っぽくない？」

「わかるわ。俺も中二病《ちゅうにびょう》の時そういうのあったけど」

「あー！私もあった！懐かしい」

「え、アカリは？飲んだ？」

「飲んでないよ！」

「飲まないよねそりゃ。てかさ、酒ってダサくない？」

「わかるー古臭い」

嘘をついた罪悪感よりも、バレてしまうんじゃないかって不安の方がずっと大きくて、その比率も含めて正しくない。わかってる。だけどこれから変わるから。意思表示みたいなものだから。ついた嘘を紙粘土みたいにくっつけて自分を形作っていけば、そのうちきっと本当になる。だから、三人と同じ。同じになることができるはず。せっかく身体に馴染《なじ》み始めた紙粘土が、乾いてポロポロ剝がれていって、フケみたいに肩に降っていく。拾わなきゃ。それでもう一回貼り付けなくちゃ。わかっているのに私の右手はあらかじめ決まっているみたいに唇に近づいていった。脳内ウィンドウにはカズマの「酒ってダサくない？」

がポコンポコンと大量に表示されていて、私を立ち止まらせようと必死だった。でも、肉体は強い。それを動かしているのはなんだろう。ぬるい金属が唇に触れて、すぐそこで液体が揺れているのがわかる。たぷん、たぷんと、何度か唇を濡らした後、ゆっくりと液体は口内に侵入した。転がしてみると、想像以上の甘ったるさが広がって、鼻から抜ける息まで甘い。ごくんと飲みこめば、微《かす》かに喉が熱かった。

「どうですか?」

「うーん。あんまり美味しくないですね」

「ですよね」

缶を受け取った並木さんは、そう言ってからゴクゴクとチューハイを飲んだ。カズマよりも平らな喉仏がやけに立体的に見えて、上下するたびにさっき飲み込んだチューハイが私の奥へ奥へと運ばれていく。

「でも、まずいがうまいみたいな感じがしました」

「あぁ。屋台の串焼きみたいな?」

「そうそう。海のホットドッグみたいな」

スキー場のうどんみたいな。ファミレスのコーヒーみたいな。節分の豆みたいな。焼肉屋のガムみたいな。犬が匂いを嗅ぎ合って相手の情報を得るように、イメージをパスしあって知り合っていく。私たちは今、出会って出会って出会い続けている。

「夜中のハリウッド映画みたいな」

「仮病の再放送みたいな」

びっくりするほど伝わる言葉が私たちを繋ぐ。並木さんはチューハイを飲みながら、時々笑ったりして、でも視線はぶつかり合ったまま。

「もう一回飲みますか?」

「はい」

蛍光灯がたてるジィーッて音が嫌に耳に響いた。目を逸《そ》らしたら息の根が止まっちゃうんじゃないか、もしくは夢から覚めてしまうんじゃないか。不安で瞳を動かせない。勘で差し出した右手に、並木さんの右手がぶつかって、ゆっくりそれを受け取った。並木さんの瞳孔は楕円のまま。私の瞳孔も歪んでいるだろうか。もう一度飲んだら、なにが起きるか知っている。そんなの無意味だとも知っている。どうにでもなれとさっきよりも深く、縁を口の中に入れて、慎重に缶を傾けた。味はさっきと全く一緒。

「今」

今。

「今俺たち、間接キスしましたけど」

毛穴が首筋を駆け上がり、全ての汗が顔から噴き出た。同時に、空いていた左手は磁石みたいに缶に吸い寄せられる。両手でギュッと握ったせいで液体が飛び出し灰色の床を黒く染め、私はそこに視線を合わせる。

「大丈夫ですか？」

「あの……ちょっと座っていいですか」

「どうぞ」

シミをよく見る為なんですよ？って具合にカクカクと、私はその場にしゃがみ込んだ。

違う。照れてるんじゃない。いや照れてるけど、それに照れてるんじゃない。だって別に、回し飲みなんて慣れてるし。しかも「そもそも、間接キスって何？」

「え？」

「そんなの意識したことなくね？」

「わかる〜え、なにアカリ、ちょっと照れてんの？」

「照れてないよ！」

「ほんと〜？」

「カズマの飲んだピーチティーは嫌とか？」

「おい！」

「違う違う、そうじゃなくて、ピーチティーあんまり好きじゃないの」

「ウッソ〜?!」

嘘だよ。私はピーチティーが好き。それに、カズマが飲んだ後のうっすらピンクのリップが残ったストローに口をつけること、どうしたって意識しちゃうよ。でもそれはダサいから。異性と回し飲み＝間接キス＝ドキドキ♡なんて古いから。私は自分をアップデートした。私は、ピーチティーが苦手で、間接キスなんてない。きちんとダウンロードしたはずなのに、俄然《がぜん》余裕で間接キスに舞い上がっています。間接キスできるって思ったから飲みました。この程度で酔うはずないのに身体の全部が熱い。きっと今、私の瞳の中にはハート。こんな姿誰にも見られたくないはずなのに、並木さんにだけは、見てほしいと思う。楕円の瞳孔が、もっともっと変形するところを見たい。そこに立っている並木さんを、涙とハートの上目遣いで見上げてしまいたい。それがどれだけダサい行為かわかってるけどでもだからこそ、クソみたいな私を見てほしいの。

「全然平気です」

ギリギリのところでなんとか踏みとどまって、私はできるだけ低い強い声で喋る。自分に言い聞かせるように。

「はい？」

「私が照れてるのは間接キスに対してじゃなくて、間接キスにテンション上がった自分が恥ずかしくて照れているので。この二つ全然違うんで」

「へぇ」

声がひっくり返りそうになる。無理矢理出している低い声は、あとどのくらい保つだろう。
「間接キスって、間接って、そこまでしてキスに持ってきたいのかよって思いません？」
「今俺馬鹿にされてます？」
「してないよ！」
咄嗟に出た五文字は、いかにも女の子のようだった。やだ、こんな、女の子みたいなこ
としたくない。キコならこういう時どうするだろう。何も思わず返すのかな。「間接キス
しましたけど」とか煽《あお》られても飄々《ひょうひょう》と、むしろ笑ったりするのかな。なんにしたって私み
たいに、恥ずかしい浅ましい、みっともない態度じゃないんだろうな。
「もう通報したい」
逆ギレみたいに視線を上げると並木さんの顔はゆらゆらと波打っていて、私の瞳に涙の
膜が張られていることに気づいた。だめだこりゃ。
「え、泣く？」
「泣かない」
「ちょっと本当に大丈夫？酔ったんですか？」
彼もしゃがみ込んだせいで、口の匂いがわかってしまいそうだ。さっき見た合わせ鏡の
自分の姿が彼の窮屈な瞳の中にいて、諦念が温かく私を包む。もういいか。頭の中には今
もキコたちの言葉が、私の最新ＯＳがびゃーっと羅列されてるけれど、チョコペンで書か

れてたみたい。こんなに身体が温まったら、もう溶けちゃって読めない。

「間接キス、したかったんです」

「あはは正直だな」

「好きだって思っちゃったから、もう私自分に手をつけられなくて」

「はぁ」

「恋ってこういうことなんですか？私好きとか初めてで、いや今までも、ちょっと好きかもな、恋かもなくらいはあったんですよ？でも抵抗できてたんです。理性の方がイケてるでしょ？私、理性で立っていたくって、そうできる人間だって信じてたのに、もう今全然ぶっ壊れてしまいました」

「そうですか」

こんなに壊れちゃうものなんですか？　中学の時好きだった浩平《こうへい》も、辰巳《たつみ》も、それなりに熱い片思いだったけどこんな風にはならなかった。カズマだってそう。それに私は、そ、い、いういう恋から離れようって決めたのに。今朝までそばにいた自分の姿が見当たらない。

「好きです」

「ははは」

「笑うな通報しますよ」

「ごめんごめん。あの、シンプルに疑問なんですけど、なんでですか？」

遠くから救急車のサイレンが聞こえてくる。どこかで誰かに何かがあった。病気だろうか。それとも、怪我《けが》だろうか。無事だといいなとうっすら思う。同時に、並木さんのパンチが救急車レベルの破壊力じゃなくてよかったなと今更になってホッとして、だけどあれは紛れもなく暴力。

「並木さんのパンチを見て、好きだって思ったんです」

「あーそれは、喧嘩《けんか》強い男が好きみたいな？俺弱いですよ」

「全然違います」

「ん？じゃあなんでですか。店長に恨みがあったとか？」

「ないです」

「意味わかんないな」

「なんだろう。あのパンチ。あれを見たとき私、女だって思ったんです」

「誰が？君が？」

「楠です。そう、私が、私女だ〜って、感じたというかわかったっていうか。同時に、並木さんを、男だって思いました」

「いや、前から俺は男だし、楠さんは女ですよね？」

「そういう言い方やめてください」

男とか女とか。誰が好きとか嫌いとか。そういうの全部ゴミ箱に捨てた。ちゃんとゴミ箱を空にもした。もっと大事な何かがあって、そっちの方が真実で、キコたちはそれを知ってる。もっと色んな可能性が、私にだってあるってことを教えてくれたから、「大丈夫」って言ってくれたから、それを信じたかったし伸ばしたかった。なのに、努力はブクブク水の泡。並木さんの手が私のくるぶしを摑んで放さない。

「わかったんじゃなくて、決めてしまったんです。あなたを、男だって」

「まぁ、合ってるんでいいですけど」

「合ってる合ってないの話じゃないんですよ。勝手に、あなたを男にしたことが間違いなんです。当たってるからセーフとかじゃないんですたぶん」

「あー。そうすか」

両手で包んだままだったチューハイを取り上げられて、彼の興味が遠のいたことがわかる。そりゃそうだよな。てか、よくまだいてくれるよな。あ、私が通報するって脅してるからか。それは紛れもない暴力で、地べたにお尻をつけてしまった。冷たいコンクリートが裏ももを冷やして、気持ちがいい。

「間違いを、しないように気をつけていました」

チューハイを奪ってゴクゴク飲むと、並木さんは驚いたように少し瞼《まぶた》を持ち上げてからその場に座りこんだ。さっきよりリラックスした彼の姿が、私を柔らかくする。

「気をつけて気をつけて、過ごしてたんです。私なりに。そしたら急に、万引き犯が人を殴って、全編間違いみたいなことが起きて、たぶん私、ホッとしたんです。凄い間違ってる奴《やつ》がいるーって」

「失礼だな」

「いやだって、やばいじゃん」

「そう思うなら、なんで好きなんですか？」

雨が降り始めたわけでもないのに、空間の湿度が上がる。並木さんの眼差しも怪しくなる。こんな風に、露骨に恥ずかしげもなくそういう空気にできちゃうところが、やっぱり間違っていて、だから好きだと尚更《なおさら》思った。

「こんなに間違ってる人の前でなら私、間違えられるでしょう。コンビニに人殺しと万引き犯が同時に入ってきたら、きっと万引き犯は捕まらないじゃないですか」

「うーわ、最悪の発想だな」

「でもそうでしょ？」

「まぁ、ゴキブリと蠅《はえ》がいたら蠅のことはとりあえず放っとくか」

「火事の時に泥棒が来ても、まず１１９」

「わかったわかった」

こんなに間違ってるあなたのことなら、勝手に男と決めたっていいと思ってしまった。間違ってるあなたの前でなら、私も間違った女になってしまえる。だって地盤が間違いだから。暴力的な思考なのは百も承知で、それでも抑えられないの。並木さんだってきっと「殴ろかな?」って考えてから「殴る」って決めて、それから殴ったんじゃないでしょう? アドレナリンに貫かれてるあなたを見て、私もそれに飲み込まれたって言ったら、あなたのせいにしすぎだろうか。

「理性が全然ないじゃないですか。あの状況で殴るって。そういう、剝《む》き出しの暴力を目の当たりにして、雄《おす》だ、みたいな」

「雄って」

「よくないですよねこんな言い方。わかってるんです。でもそう思ったんです。並木さんを、雄だと思って、私自身を雌《めす》だと思った」

自分の声なはずなのに、どこから出ているのかがわからない。今話しているのは本当に私ですか。視界に映るのは目の前に座っている並木さんとその背景である駐輪場だけのはずなのに、なぜか自分の後ろ姿も見えるようだった。今まで体験したことのない、大いなる力みたいなものが私を喋らせてるような感覚がして、あれ私スピってんのかな。止まりたいのに止まれない。

「なんか、殴られてるのは店長だけど、私が殴られたみたいな感覚だったんです。バチーン!って、雄が、初めて目の前に現れたっていうか。ここにいたんだ、マジでいたんだ、みたいな。そのせいでこう、身体の奥に埋まってた……球根?違うな球根の種?それが一気に球根になってすごい大きくて……好きって思いました」

「ふーん」

「並木さんは、恋したことありますか？」

「まぁ」

カチッて金属の音が遠くから聞こえる。一階で今、誰かが自転車の鍵を開けたのだろう。ここはとても音が響くから、私たちの声も誰かに聞こえているかもしれない。声を聞いている誰かは、私たちのことをどんな関係だと思うだろう。

「それってどんな風にですか？」

えーと言った並木さんは両手を後ろにつく。思い出すように視線を天井に向けた後、目玉だけが降りてくる。持ち上がったままの白い顎が、刺すようにこちらを向いていた。

「別にあなたほど」

「楠」

「楠さんほど色々考えてないんで。呆然《ぼうぜん》とですよ」

呆然と。私だって、ある意味呆然とだ。後から思い返せば理由とか、流れとかを見つけられるけど、あの瞬間はただただ惚《ほう》けたように目をハートにしていただけだし。

「なんか具体的なのもらえません？」

半開きだった並木さんの大きな口が閉じて、ナイキのマークみたいな形になる。それから、心底どうでも良さそうな声が響いた。

「さっきとか」

「え？」

「だからさっき。楠さんが、俺を見上げた時とか」

私が目を見開く番だった。中途半端に開いた口の中に大量の唾液が分泌されて、溺れてしまいそうになる。

「楠さんみたいに一気に好きとかではないですよ。ただ、可愛いなと思いました。楠さんの言い方をすると、種が球根になるみたいな」

「マジですか？」

「はい。普通に可愛いし、なんか泣きそうなのもよかったです」

こいつヤバーって青い気持ちと、それがまたイイッ！って赤い昂《たかぶ》りが混ざり合って、混乱は紫色の花になる。すでに輝いている並木さんが、もっとキラキラして見えて、自分のみっともなさに鳥肌が立った。

「だっさ。てかチョロ」

「そんな言い方する？」

「ごめんなさい。でもなんか、えー」

「あはは。嫌いになりました？」

「嫌いになる私がよかったのに、もっと好きになってしまいました」

「……よくそんな恥ずかしいこと言えますね」

「もう今それどころじゃないんですよこっちはあんたのせいで」

ガハハハって豪快な笑い声が駐輪場にこだまして、沢山の男の人が私を見て笑っているようだった。それにも身体が熱くなって、球根は私自身よりも大きくなってしまいそうだ。何かを出さないといけない。そうしないともう、本当におかしくなってしまいそうだから。

「私、白雪姫とか嫌いなんですね」

「はぁ」

「厳密には、白雪姫がってよりも、白雪姫を好きだって気持ちが嫌いってことなんですけど。愚かじゃないですか、あれに憧れたりするのって」

「まぁ、確かに」

「これ、このクマの指輪。ほんとはピンクがよかったんです。でも、青を選びました。そういう私になりたかった。今だってなりたいです。並木さんが『可愛い』って言った瞬間、キモって吐き捨ててこの場を去りたかった。なんなら殴りたかった。だけどできない私は」

「なんで？」

「白雪姫が好きなんです。それを思い出しちゃったんです。あんたが掘り起こしたんです」

「俺王子じゃないですよ」

「当たり前です。でも、私はあのパンチの前で、白雪姫みたいな気持ちになったんです」

捨てたと思っていた不要なもの。それは一つのパンチで掘り起こされる。蔑んでいたはずの愚かさが、逆に私を惹《ひ》きつける。

「間違ってる、並木さんはずっと。でも私だってずっと間違ってて、間違った脳みそを持ってしまっているから。だからあの、並木さんの最低最悪のパンチを見てかっこいいって思っちゃった。雄だって思ってドキッとしちゃった。そんなの馬鹿みたいじゃないですか。馬鹿みたいなのに、でもその馬鹿みたいに愚かな私ってすごい、剝き出しで、雌で、それで」

その先の言葉はもうわかっている。寄り目にしているわけでもないのに視界がキュウッと縮んで、理性は瞳に映らなくなった。

「それで？」

じっと私を見つめたまま、並木さんはゆっくり顎を下げる。いよいよ平行になった私たちの視線は、押し合って静止した。

「気持ちよかった」

た、と言い終えぽっかり開いた唇すらも、動かすことが怖い。蛇に睨《にら》まれた蛙に倣って、枝毛の先まで静止させるのはどうしてだろう。ただ並木さんから目を逸らせない。ここは今、世界で一番くだらなくて、生乾きの臭《くさ》いにおいがしているだろう。ダサい。ダサくて仕方がない。わかっているのに動けない。

「わかるよ」

視界が肌色一色になる。さっき店長を殴ったのと同じ速度で、並木さんは距離を詰めてきていて、私たちの鼻先はもう少しで触れ合いそうだった。

「わかりますか」

心臓の鼓動が聞こえる。本来あるはずの胸の中だけじゃなく、足、指先、うなじ、腰、色んなところに心臓があるみたいだ。目の前にいる並木さんはさっきと同じ並木さんのはずなのに、今はもう「並木さん」じゃなくて「並木クン」って感じで、私の心臓の音もドクンじゃなくてトゥンク。こんな私をキコたちが見たら、もう口を利いてもらえないかもしれない。きっと指輪の返還を命じられるだろう。嫌だ。みんなと友達でいたい。間違えたくない。

「下の名前は？」

「朱里」

「朱里ちゃん」

私を呼ぶ声がする。少しずつ、私の身体が別の身体に包まれていく。

「はい」

「朱里ちゃん」

「はい」

耳の真横で、ブロッコリーを茹《ゆ》でられてるみたいな温かさを感じて、時々、まだ硬いブロッコリーの森の部分、細かい粒みたいなものが耳に触れる。その粒がそのうち解けて、耳の中に入ってきてしまったらどうしようと少し不安になるけれど、そんなことは起きようがないことを私は知っている。

「私」

「なに？」

「私今、何に見えますか？」

「雌」

眩暈《めまい》がする。雄とか雌とか、言い出したのは私の方だけど、こんなに強い言葉だとは知らなかった。さっき並木くんを雄だと言った時、彼はどんな気持ちだったんだろう。私は今、胸の奥が手繰り寄せたシーツみたいにしわくちゃ。摑まれちゃって動けない。窮屈で心地よい。私に宿る色んな権利が、私から離れてしまったみたいだった。そんなの、だめだ。もっといろいろ考えなくちゃ。私は、そういうんじゃないでしょ？　そういうんじゃない、新しい女、新しい人間になるって、バーミヤンで決めたでしょう？

「キスしてあげようか？」

「え」

「キス」

したい。私からしたい。お前の顔を両手で持って、私から強い強いキスがしたい。それならもしかして、キコたちも認めてくれる。

「だめ」

心と正反対の言葉が、私の知らない音で出る。駐輪場には決して響かない、小さくて掠《かす》れた声だった。こんなの違う。

「だめなの?」

「だめ、だめです」

どこで覚えてきたんだろう。こんな振る舞い、誰にも習った覚えはない。なのに私は、今初めてのはずなのに、完璧に雌をやれていて「して」の意味の「だめ」を繰り返している。

「だ、め」

楕円の瞳孔が、ブラックホールみたいに私を吸い込もうとしている。その中は本当の間違いだ。流石《さすが》にそこまでは立ち入りたくないのに、口から溢れる自分の吐息、その間違った湿度が我先にと並木くんに吸い込まれていく。諦めたい。もう、いいやって。私なんてくだらなくて間違っていてもいいじゃない。努力なんてやめて、間違い同士で戯れようよ。考えることに疲れてしまって、そぅっと目を閉じた。並木くんに任せます。私は手綱を放します。すると少しずつ、顔に生暖かさを感じる。視界は瞼で真っ暗だけど目の前で何が起きているのかはよくわかった。そうして唇に、別の唇が触れる。湿った感触が、私の乾いた皮膚を潤していく。僅かに離れた後すぐに、もう一度その隙間は埋まる。新しい隙間ができて、それは私の上唇と下唇の間。そこもすぐに埋まる。さっきまで耳元にあったはずのブロッコリーのぶつぶつが、今度は私の口の中に入ってくる。だけど当然ブロッコリーの味はしない。レモンの味だってしない。口の味がした。食べたことはないけど、すぐにこれが口の味なんだとわかった。私よりも少し温度の低いぬめりは、困ったように前歯をなぞった後出ていく。今度こそ、完全に唇は離れる。

「気持ちい」

漏れてしまった言葉を聞いて、並木くんは馬鹿にするように口角を上げた。

「よかったねぇ」

また、並木くんの唇が近づいてくる。もう一回。おかわり。惚けた頭で今か今かと気持ちよさを待っていると、地面からブブブと音がして、それは置き去りにされてた私のスマホが震える音だった。画面にはキコの名前と電話のマーク。

「どうしよう」

「親？」

「違う」

「ならいいじゃん」

並木くんの手が、迷いなく私の顔に添えられる。ピタリとはまる。だから私はこのままでいたいのに、さっきと違うリズムでバクバク揺れる心臓のせいでそうできない。これ以上彼の顔が迫ってこないように、私は彼の喉元を摑む。遠ざけようと力を込める。

「なになに」

「だめ！だめだこれ！」

「嫌ならしないですよ」

一ミリの名残惜しさもなく、彼は手を離した。私だって、そんな風にカラッと空気を変えたい。そもそも止めたのは私だ。なのに、私の小さな手は離れるものかと彼の鎖骨の真ん中に押しつけられたままだった。スマホは地面の上で踊り続けている。どうしよう。もしかして、どっかからずっと見られてたの？　そんなわけない場所がわかるわけない。待ってゼンリー。キコたちがゼンリー見たらここバレるじゃん。さっき一階から鍵が開く音したけど、あれもしかして鍵の音じゃなくてキコたちが自転車を止めた音？　え、じゃあ今一階にいるの？　どっかから見てるの？　私の愚かな、間違いきった女の顔を、雌になった私の姿を三人に見られていたら。もうおしまいだ。冷たい汗が身体を伝う。追い立てるようなバイブレーションの音が、呼吸を急かす。吸って吸って吸って、こんなに吸ってるのにうまく酸素を取り込めない。はぁはぁって自分の呼吸音が他人ごとみたいに耳に届く。いつの間にか電話は切れて、待ち受け画面には大量の通知が表示されていた。見てるの？

見ながらライン送ってきてるの？　怖い。いっぱい努力してきたのに、くだらない恋心のせいで全部台無しになっちゃう。

「ちょっと、大丈夫ですか？興奮してるの？」

「ちが」

「なに？落ち着いてください大丈夫だから」

「違う違うの！」

大声と共に、私は並木くんを押し倒していた。抵抗なく寝そべった並木くんのお腹《なか》の辺りに跨り彼を見下ろす。昔のテレビサイズに縮んでいた視界はもう、今のサイズに戻っていた。よく見える。世界がきちんとクリアになる。諦めるなよ。私は、間違えたくない。みんなみたいに、正しい令和の人になりたい。だって私はZ世代で、色んなことが新しい。そういうんじゃない四人グループ、クマの指輪がその証明。どうしたら取り返せる。どうしたらなりたい私にもう一度近づける。窓から入ってきた夜風が肩を撫でて私を包む。そんなはずはないのだけれど、カズマがつけてる香水の匂いがした気がして、私はここで、証明しなくちゃいけない。私は楠朱里。キコと、カズマと、シンの仲間。

「下の名前は？」

「コウタ」

「コウタくん」

頭の横に散らばった彼の手を摑んで床に押し付ける。抵抗なんてされてない。だけど私は押し付ける。キコたち見てる？　これならどうかな。さっきより愚かじゃないかな。一気に上体をコウタくんに密着させて、暴力みたいなキスをした。彼はただ口をまぁるく開けていて、だから私はその隙間に舌を入れる。どうしたらいいかなんてわからないけどとりあえず、彼の歯の一本一本を舌でなぞる。そうだ。この小さな穴からコウタくんの中に入って、彼を支配してしまおう。私が上だ。私は新しい女だから、王子は私で、コウタくんは何もできない白雪姫。このキスでお前を支配する。ねぇ見てる？　どう思う？　今の私なら青いクマの指輪も似合うでしょうか。

いよいよ酸素が足りなくなって、水面から顔を出すみたいに頭を上げた。スワーって声になっちゃうくらい、大きく息を吸う。見下ろすコウタくんの顔は真っ赤で、勝ったと思った。

「どうだった？」

「こっちの台詞《せりふ》だよ」

「は？」

「楠さん変ですよ、どしたの」

「うるさい！変じゃない！」

「いやいや」

「かっこよかったでしょ?」

かっこよかったって言えよ。女の子みたいな気持ちになったって。楠さんすごいって。言えよ。言ってよ。誰か言ってよ認めてよ私はアップデートできてるって。

「かっこよくないし、泣かないでください」

「なんでそんなこと言うの」

「うるさいなぁ」

力一杯床に縫い付けていたはずの彼の手は簡単に床を離れて、私の手を握ったまま彼は身体を起こす。私が優位だったのに、一瞬で彼に抱っこされているような姿勢になって、私はまた自分が雌にされたことに気づく。間違っているこの体勢は。これじゃピンクの指輪みたいだ。それじゃだめってわかっているのに、球根は間違いを栄養に膨張する。どうしてこんな人間なんだ。私はなんで、なりたい自分になれない。悔しさで目の奥が熱い。

「なに。これ彼氏とか?」

目の前に掲げられたスマホの青白い光が目に沁《し》みる。

「浮気しちゃって焦ってるんですか?」

違う、あんた本当に馬鹿じゃないの。そんなくだらないことがすぐ頭に浮かぶなんて、どこまで愚かなんだよ。

「大丈夫、バレないですよ。可愛いなぁ」

ぷっくり膨れた球根が脈打って、はち切れそうになる。休みなく繰り出される彼の間違いに私の身体は完敗で、いよいよ涙がこぼれそうだった。

「かっこよかったって言ってよ」

「は？」

「私青色だったでしょ？押し倒されてどうだった？怖かった？ねえ、かっこよくてドキドキした？」

返事の代わりに繋いだ手が解《ほど》かれて、彼の大きな掌《てのひら》は私の出っぱった腰骨を持った。

「そんなとこ持たないで」

「何を怖がってるんですか？」

「怖がってない」

「いやいや、怖がってるでしょ。俺のせい？」

違う。並木さんのせいじゃない。あなたは別に怖くない。嘘。怖いけど、怖くていいの。それが好きなの。え、私何言ってるの？　グジュグジュになった地面の上では、建設中のビルなんてすぐに崩れる。あちこちから噴き出す水が止まらない。液状化した夢の島は、どうしたら元に戻るの。

「それとも電話？誰ですかさっきの」

「友達」

「なんだよ。じゃあいいじゃん」

「だめなの！」

大きな声と一緒に唾が飛んで、並木さんの顔にかかる。彼は咄嗟に目をぎゅっとつぶったけれどすぐに瞼を持ち上げて、私の顔に唾を吹きかけ返した。

「信じられない」

「嫌でした？」

「嫌に決まってる」

「なんで？」

「なんでって、唾かけるなんて最悪だし、ありえないし」

「間違ってる？」

「そう間違ってる」

「じゃあ安心じゃない」

こんなに愚かな姿を見てくれているっていう事実が頬をつたう。私よりもっと間違っているあなたの体液が唇に触れる。安心。間違いの安心。こんなもので立っていたくない。

「嫌だ。私、そういうんじゃないの。そういうんじゃなくなりたいの」

「なに、そういうって」

「並木さんを好きなんて愚かだし、間違ってるし、女になるなんてやなんです！こんなの！」

「女になるのが怖いってこと？」

「きっっしょ」

「お前もな」

「放してください」

「話の途中です。逃げないで」

「話すことなんてない！」

「俺は楠さんのこと、好きだなってもう今、はっきりと思ってますよ。愚かで間違ってるところも含めて。だけどきしょい楠さんは、そういう風に俺に好かれるんじゃ嫌なんですか？」

電気は全部しっかりついたままなはずなのに視界がチカチカする。バチンバチンとどこかがショートしてるみたいで、壊れかけていることはわかるのにどう直せばいいかがわからない。

「俺にキスされる方が好きですよね？白雪姫だって好きなんでしょ？どうしてそれを拒むんですか？」

「間違ってるから！」

どうにか繋がり続ける最後のケーブルを使って、私は理想の私へ這《は》っていく。お願い。

これ以上落ちないで。私を型落ちさせないで。どこかに電源はないか。充電すれば、それさえできればまだ戻れる。止まってしまったアップデートを再開できる。

中学の時通っていた塾の先生は少し変だった。五十代くらいのおじさんで、玉ねぎみたいな髪型をしたその人の名前は田島《たじま》。田島先生は、静かな声で、淡々と授業を進める人だった。授業中に騒ぐ男子がいても、それに対して怒鳴りつけたりはせず「あなたが困ることになる」と言うだけ。私は、田島先生を好きでも嫌いでもなくて、高校受験の為にそこに通っていた。別に通わなくてもある程度の勉強はできたけど、なんとなくやっぱり、塾には通っておいた方がいいみたいな空気があって、実際塾に行き始めてから勉強は楽になった。自分に何が足りないのか、先生が見つけてくれる。「今回は社会に力を入れなきゃな」とか「数学のここを強めた方が良さそう」って考えていた分の脳みそは先生が受け持ってくれるから、私は勉強できることが増える。みるみる成績は上がっていって、親は喜んだし私も嬉《うれ》しかった。田島先生も嬉しそうで、いつしか頻繁に私に声をかけるようになる。

違和感を感じたのは、英語の授業中だ。その日は、先生が前に立って教えてくれる授業ではなくそれぞれが自分でドリルをやる日で、私は確かどこかの高校の過去問を解いていた。わからない箇所があって、挙手すると、すぐに田島先生はこちらに来る。

「どこですか？」

と言いながら、先生の手が私の左肩に添えられた。そんなことは初めてだった。

「ここです」

指差しながらそう言うと、私の視界は先生のグレーヘアでいっぱいになって問題が見えない。頭越しに、先生が大きく息を吸い込む音が聞こえて、何かが起きた気がした。授業はいつも通りに進むけど、私と田島先生の間には今までなかった何かが生まれたように感じたのだ。

それからは、先生の手が私の肩に触れることが当たり前になる。挙手しなくても、視界は頻繁にグレーになる。だからといって、何かされたわけじゃない。二人きりにさせられたり、変なところを触られたりもしていない。ただ、私の左肩を触る。私の席で、何故か深呼吸をする。

「これが苦手そうですね」

と言って、私の陣地に入ってくる。そうして私を導く。おかげでまた偏差値が上がる。先生は深呼吸を続ける。私の吐いた息を吸い込んでいるんだと、いつからか気づく。でも人間は、誰かの吐いた息を吸うもので、私だって先生とか、同級生の息を吸う。同じことをしている。そんなことは、取り立てて考える必要のないことだ。問題を解いている私の手元を至近距離で見つめるのも、首筋に先生の息があたるのも、粒立てる必要はない。私が解くべきはこの方程式。この古文。先生と私の物理的距離を求める必要はない。その時の気持ちを四択から選ぶ必要もない。順調に成績を上げていく私を見て先生は「もっと上の高校を目指してみませんか」と私の親に言う。正直全然ピンとこない。もっともっとって言ってくる田島先生が、だんだん鬱陶しくなってくる。「数学のここが苦手そうだから重点的に」とかって言ってくるけど、今日私は理科をやりたい気分なのになって不満が募る。そうしてある日唐突に「もう大丈夫そうだから」とママに伝えて塾をやめた。やめようか悩んだ記憶はなくて、ただ身体が動いていた。

だから、今も私はただ身体を動かせばいいのだ。ふぅふぅ吐いている私の息を、そのまま並木さんが吸い込んでいる。あの時と同じように。田島先生と同じ。だからこれはやっぱり、気持ちが悪いことで、間違っている。私はそれに抗《あらが》う正しさを持っている。考えてやるまでもなく、正しさに身を委ねられる。

「間違っているからです。そして私は、間違いに抗う正しさを持ってるから、だから、並木さんの白雪姫になんてなりません」

「はぁ」

「あなたにはわからないです。あなたみたいな人間には」

「じゃあ教えてくれませんか？」

私の瞳を見つめる並木さんの視線が、一段強いものになる。

「そんな辛《つら》そうな顔してまで抗うって、どうしてなんですか？そんなに辛いのに正しいわけ？」

「正しいに決まってる！」

私は、並木さんに田島先生の話をする。この話をするのは人生で二回目。一度目は、キコたちにだった。去年の冬、シンが「通学電車の中でずっと見てくる女子が怖い」って言い出した時、私とキコはうんうん男の子にもあるよねそういう怖い事ってわかるの首振り。それに乗ってカズマも怖い思い談を話しだして、そうなればもちろんキコも、そして私も。一部始終を話すと三人は「本当に頑張ったね」って私を労《ねぎら》ってくれた。「勇気を出したの、ほんとかっこいいよ」って。憧れの友達からもらうかっこいいは格別で、やっぱり合ってたんだ、やめて正解だった、だからこそみんなにも出会えたしねって大団円。でも。歯と歯の間にネギが挟まり続けてるみたいに違和感が残った。それは今もある。私の口にはずっとネギが挟まり続けている。

「今並木さんも私の息を吸ってるでしょ？気持ち悪いんですよ。やっぱりこういうことは気持ち悪いし、間違ってる」

「それならどうしてここに座り続けてるんですかね」

正しさに身を委ねているのに、私の身体は静止したままだった。それはつまり、ここに座っているのは正しいってこと？　は？

「座ってたいんでしょ。ここに」

「違う」

「それならどうぞ、どいてください」

「なら放して」

「放してますよとっくに」

腰を摑んでいるはずの両手が、私の顔の前でひらひら踊る。憎たらしいほどに大きな掌は、そのまま私の口を覆う。息がしづらい。

「この手、なんですか」

「吐息が俺に届かないように」

好きだっていう衝動が、また押し寄せてくる。同時に嫌な予感もする。目の前にある並木さんの目が、弓を引くみたいにジリジリと細められているから。

「楠さんの中にもいますよね、田島先生」

ブブブとまた、スマホが震える。偶然鳴っただけなのに、私にはそれが「当たり！」って効果音みたいに聞こえた。

わかってた。私は、確かに田島先生に違和感を感じていたけど、塾やめたけど、でもじゃあ憎んでいたかとか、トラウマを作られたかっていうとそんなことはない。何度もあの時のことを思い出しているけど、それはフラッシュバックじゃない。楽しんだのだ。私は田島先生の姿を他の誰か、気になる男子とか好きな芸能人に入れ替えてあの頃を再生したことがある。田島先生だから嫌だったけど、相手が違ったらシンフフって、思っていました。考えていました。キコたちに話した時に挟まったネギの正体はそれ。私は、性に興味があって、男の人が好きで、だからって田島先生を受け入れるわけじゃないけど、でも田島先生が私を利用したように、私も田島先生を利用した。別にそれだって悪いことじゃない。だけどキコたちには当然、そんなことは言えなかった。実際に私が感じた不快感を倍にして喋って、田島先生が気持ち悪いから塾をやめたみたいに話した。本当はシンプルに飽きたっていうか、塾もういらないって気持ちも動機として強くあったのに。田島先生がキモくて、いやで、もう本当に最悪、人としてあり得ないよねってかさ、触りたいって何なのマジでキモすぎんだけど。好きだから触りたいってやばくない？　てか異性だからってそういう対象になるのが意味不明。わかる〜だよね、異性だからってな。いやでもさ、異性でも同性でもそういう目で見るってのがやばくない？　えわかる。やばいよね。てか古くない？だよね古いよねキモいし。キモいんだよ古いんだよ間違ってるんです私田島先生くらいやばいだって気持ちわかるから。実際私もやったからさっき並木さんに。

「本当なんですよ」

「うん」

「本当に、嫌だったんですよ。息を吸われるのも、肩に触れられるのも」

「はい。わかってます。そうだと思う」

「でも、私も田島先生だ。バレた」

口を覆っていた掌がゆっくり離れて、閉じ込められていた私の吐息が離散していく。捕まえたいと思う気力ももう残っていなかった。

「楠さんも田島先生だし、俺も田島先生です」

えーん。なんでよぅ。もう私嫌だよぅこんな自分でいるの。いっぱいアップデートしたのに。たくさん考えたのに。なのに頑張れば頑張るほど自分から目を背けられなくなる。大嫌いな私がどんどんはっきり見えてくる。これなんて罰？　どうしてこんなにだめなんだよぅ。

「私、なんでこんなに間違ってるんでしょう。なんで私だけ、ずっと」

「楠さんだけじゃないですよ。みんな、どっかしら間違ってるんだから」

「それにしたって、田島先生なんて」

「田島先生は、楠さんに田島先生をやってしまったのが間違ってるんだと俺は思います。だけど楠さんが俺に田島先生をやるのは、間違ってない。俺は別に、嫌じゃなかったから。それは逆でも言えることです」

「並木さんがどう思おうが、田島先生をやった時点で間違いなんですよ。だって田島先生ですよ」

「俺はその田島先生ごと好きだって言ってるんです」

それに楠さんも、俺の田島先生に恋したみたいなとこあるでしょ？と言って、私の濡れた頬を拭った。うん。そうなの。きっと私はあなたの中に、私の間違いを見つけたの。だからとっても安心して、恋になんて落ちたんです。心はすっかり陥落しているのに、外付けされたハードディスク、そこで夢の島を耕し続ける私が首を振る。間違ってるってわかるでしょ。田島先生は殺さないと。正しくなりたいでしょ。間違えたくないでしょこれ以上。眠ったまま王子のキスを待つ女なんて、今の時代いないよ。そんなのもう終わったよ。

「嬉しいけど、でも田島先生なんて許しちゃだめだ」

「どうして？」

「だって」

「間違ってるから？」

「そう」

「うん。だからさ、お前は間違ってるよ。俺も間違ってて、二人だけで間違えようっつってんの」

「怖い」

「殴ってあげようか。俺がもっと間違えればお前、諦めつくだろ」

並木さんはきっと今、わざと「お前」って言ってる。あからさまに粗暴なふりして、寸分の狂いもなく落下点に立つあなた。あーあ。知ってたけどでも諦めたくなかった。今正しいとされてるものを愛したいし、今に見合った人間でいたい。今を生きるってそういうことでしょ？　なのになんで、なんでそんな簡単なことも私はできないの。なんでこんな失敗なの。涙袋はもう限界で、唾液を上書きするように涙がこぼれた。泣くならせめて、ドバービシャーって豪快にやりたかったのに、しとしと流れ出ていく涙がほんと、古典みたいでまた悔しい。並木さんの手がゆっくり肩に触れて、そのまま優しく引き寄せられる。私は今、泣いていて、男の人に抱きしめられて、もう、いいや。降参して顔を彼の胸に埋《うず》める。あぁこんな。したくない、選びたくない所作なのに、どうしてそれが馴染むんだ。なんでこんなにホッとするんだ。

「好きです」

「あはは。そこに戻るんですか」

「並木さんが好きだし、こうやって抱きしめてもらうことも好きです。キスするのだって好きだし、唾をかけられたのも悪くなかったです」

「知ってますよ」

「愚かなんです」

「俺もですよ」

「でも嫌なんです。どうしても。そんな古臭くて間違ってる、世界の足を引っ張るみたいな人間でいたくないんです」

「うん。確かに、楠さんの抵抗したい気持ちもわかりますよ少し。白雪姫が嫌いみたいなのも、ああいうのが古いってのは俺もわかるし思う。でもそれは、社会の話ですよね？個人じゃなくて」

意味はまだ、私に到達していない。だけど何か、大切なことを言われている気配だけは感じていて、私は視線を彼に向ける。

「生き方にも流行《はや》りってあって、それはきっと、人間が今より良い方向に進もうっていうムーブだと思います。それに乗るのは、正しい、と思う。だけどそういう風に正しくあろうとするのは、今ここでじゃなくても良くないですか？俺だって、人殴っといてなんだけど、正しくあろうとする場所もありますよ。だけど、ここでも必要ですか？俺と、楠さんしかいないこの駐輪場でくらい、俺たちだけの時くらい、いいじゃん。諦めてあげましょうよ」

諦めて、いいことなんだろうか。白雪姫を好きなこと、それは許されることなんですか？暴力に惚《ほ》れ惚《ぼ》れしたり、唾かけられてドキドキしたり、田島先生を飼っていたり。そんなに間違っててもいいんですか？　終わってませんか？　並木さんの言うように、もし生き方にも流行りがあるなら、私が私のままで生きやすい時代というのもあるんだろうか。あったんだろうか。どうして、その時に生まれられなかったんだろう。キコたちはいいな。時代と性格が合ってて、今を生きる人間って感じがする。私だって、そうなりたかったよ。「大丈夫」って言われたあの日から、ずっと努力してきたつもり。でも、やっぱりだめみたい。嘘ってずっとはつけないみたい。私を見つめる並木さんの目、そこを囲むまつ毛が、いい子いい子するみたいに揺れる。

「てか勃起してません？」

「うん」

「え、今します？」

「愚かだから。でも今、俺は勃起してるけど、同時に真面目に向き合っているつもりです、俺なりに。勃起してても冴《さ》えてます」

「ちょっと多いです勃起が」

「あはは」

最低だ。話し合いの最中に勃起なんてほんと、やばいし、仕方ないとかではない。でも私は、私自身はそれに嫌悪を感じない。きっと、愚かな並木さんのことを好きだからだと思う。同時に、私はそういうの、嫌じゃないタイプの人間なのだ。残念だけど、私は全然正しくない。キコならきっと怒るだろうし、カズマとシンは恥じるだろう。私もそうしたかった。三人みたいになりたかった。努力すればきっとできる。その正しさを知っている。でも、行使するかは私の自由で、ごめんやっぱり諦めたいの。

「そういうところも好きです」

「そういうって？」

「真剣なのに勃起しちゃうところ」

「なんか俺だけみたいな言い方してますけど、楠さんも濡れてますよね？」

「なんでわかるんですか？神様？」

「王子ですよ。万引きの国の」

それになんだか雌の匂いがしますからと言って、並木さんは私にキスをする。最悪の地元。最悪の台詞。なのに、それが私を熱くして、くっついた唇からようやく、本当の呼吸ができる。


すっかり放置していたスマホの震えが止まらなくなって、私たちはやっと身体を離す。お母さんから鬼のように着信が入っていて、まもなく日付が変わりそうだった。適当な言い訳をして、もうすぐ帰るとラインを送る。さぁ次は、今度こそ返事をしなくちゃいけない。キコたちとのライングループは未読が四十三件になってて、開くのが怖い。画面を見たまま固まっていると、並木さんが私の横に座る。

「さっきの友達ですか？」

「はい」

「大切な友達？」

「大切で、憧れの友達です。この人たちみたいに、なりたかったんです」

「見てもいいですか？」

ゆっくり頷《うなず》いてから、私は覚悟を決めてグループを開く。通話はまだ続いてるみたいで、上の方に「参加しますか」って表示が浮かんでいた。それを押さないよう気をつけながらスクロールしていくと、ただ私を心配してくれているメッセージがいくつか。さっき私が恐れたような、ゼンリーを見てここまで様子を見にきているなんてことは起きていない。「大丈夫？」とか「無理しなくていいよ」「どう？」でもラインのほとんどは、三人が勉強しながら共有し合ってる情報で、私には関係ないことばかりだった。一気に身体の力が抜けて、私の背中は静かに丸まる。

「どしたんですか」

「いやなんか……何をあんなに震えてたんだろうって……はぁ」

ため息と笑いが混ざって、肺がペシャンコになる。息を吸いながら並木さんに目をやると、彼はびっくりするくらい真剣な表情で私を見ていた。

「聞いてもいいですか？」

「どうぞ」

「この人たちの何にそんな、憧れてたんですか？」

えっとね、と言いながら、写真フォルダを開いて四人で撮ったフィルム風の写真を見せる。

「ほんと恥ずかしいけど、まずほら、イケてるじゃないですか」

「本当にしょうもないねぇ」

その言葉を待ってたのよって、身体が震える。情けないけど私はもう、その情けなさを受け入れられるようになっていて、眉毛がだらっと八の字に下がるのを感じる。

「でもそれだけじゃないんですよ?例えば、この男の子。この人はお兄ちゃんがゲイなんだって」

「会ったの?」

「ううん、聞いた。で、この子は女の子も好きかもで、こっちは好きとかがない」

へぇーって相槌《あいづち》が続きを促す。三人との思い出はたくさんあるし、好きなところだっていっぱい。なのに私は、今自分が言ったことにぐるぐる巻かれて言葉が出ない。

「……え?それをイケてるって思ったわけ?」

「イケてるっていうか……考えが、進んでるって思ったんです」

「はー」

また口をナイキにして、呆れきったように私を見つめる並木さん。あんただって間違いだらけのくせに。悔しくてもっと正直になってしまう。

「だって、だって私が男の子大好きって言ったら、なんか『大丈夫だよ』とか励まされたんだもん。そんなの、あー私って間違ってるんだとか思っちゃうじゃん」

「ふーん」

「あーもうほんと。あー」

間違いを受け入れるって簡単じゃない。ニヤニヤ見つめられるのが鬱陶しくて窓辺に向かった。外を見たって何も起きないけど、何か起きるんじゃないかって、窓から身を乗り出す。三人に謝りたい。イケてるなんて思ってごめん。嘘ついてごめん。でも私、とても言い出せなかった。恥ずかしいことだって、大丈夫とか言われちゃうようなことだって思ったら、言えなかったの。その気持ち、みんなにだってわかるでしょ？

「最悪のこと言ってあげようか？」

後ろから並木さんの声がして、誘惑するように風が髪の毛を掠《さら》う。今だけは誠実に反省したいのに。

「お兄さんがゲイだって勝手に喋るような奴は、それもそれで間違ってるんじゃないの」

「え？」

「ゲイだからとかじゃなくて、もっと根本的に、勝手に喋っていいことじゃないでしょそういうのって。自分で言うもんじゃん。だから、楠さんとそいつは、まぁ……置き引きと引ったくりみたいなもんじゃない？」

また風が吹く。普段揺れない産毛が揺れて、私は言葉を返せなかった。「流石に怒った？」と様子を窺《うかが》う声がするけど、ううん。怒ってなんてない。ただびっくりしてるの。そんなこと考えるんだって。でも言われてみれば確かに、会ったこともないカズマのお兄ちゃんのこと、全然何も知らないのにゲイだってことだけ知ってるなんて変だ。カズマはみんなに言ってるの？　そもそもなんで話したの？　この感情には覚えがあった。

「もう一人の女の子、キコっていうんですけど、キコのお母さんは私のことを立派だって、言ったんだって」

「なんで？」

「私が、塾をやめたから」

褒められるって嬉しくて、しかもそれが憧れている友達の家族からなら尚更だ。私はその嬉しいにずっと心を浸《つ》けていた。そうしてる間にのぼせてしまって忘れていたけど、私が持ってた感情は嬉しいだけじゃない。なんで、もある。なんで、勝手に、話したの？　私はキコたちだから話したのに、もしキコのお母さんからうちのママにその話がいったらどうするの。ていうかどんな風に話したの。勝手に話しちゃだめだって、お願いしないとわかんないかね。怒りの中にほんのりと、安心が生まれる。絶対正しくて、間違えなくて、進んでいると思っていた友達たちの中にも間違いはある。当たり前だ。だって生きてる人間だから。

「朱里ちゃん」

後ろから聞こえてくるはずの声は何故か左耳から入ってきて、いつの間にか並木さんは隣の窓枠にはまっていた。お隣さんみたいに建物から顔を出し合って、宙に浮いた目と目が合う。

「俺は万引きするし、暴力振るうし、すぐ勃起する愚かな男だけど、朱里ちゃんが愚かな女だってことは誰にも言わないよ」

ゆっくりと、並木さんの身体が消える。追いかけるように私も窓枠から身体を離す。もう一度、今度はきちんと駐輪場の中で、地に足のついた視線が交わる。

「だから通報しないでね」

「仕方ないなぁ」

最悪なのにあなたは、そこからじゃないと見逃してしまいそうな正しさを持っていて、何もかもに間違いと正しいがあることを知る。それで、私は、あなたが好き。これは憧れじゃない。理由なんてない。枝が空に向かって伸びていったり、雨が地面に落ちていくように、私の心は並木さんに向かう。

「帰る？お母さん心配してんじゃない？」

「その前に、私を乗せて連れてってほしいところがあるんです」

仕方ないなって笑った並木さんは、私の自転車を当たり前のように押す。私も、ずっとそうやって生きてきたみたいにその横を歩く。駐輪場を出て、二人乗りして夜風を切ると、毎日走っているはずの道なのに懐かしくて、電信柱を追い越すたびに、全ての季節の花びらたちが降ってくるようだった。

到着したのは、桃のマークのバーミヤン。窓から見える店内は閑散としていて、もう閉店しているようだ。それでも電気はついている。よかった。間に合った。私には、ここでやらなきゃいけないことがあるのだ。スマホについたボールチェーンを外して、キラキラ輝く青いクマの指輪を手に取る。少しだけ、このクマに申し訳ないなと思うけど、私のところにいても仕方ないよ。君にはもっとふさわしい場所がある。君に似合う掌がどこかできっと待っている。君をここに帰す代わりに、本当は迎えるべきだったあの子を今から、私は拉致《らち》する。私にできるだろうか。怖いから並木さんに甘えたいけど、こればっかりは自分でやらなきゃだめだと感じる。

「ここで、待っててください。すぐに出てくるから、そしたら家まで送ってください」

「わかりました」

入口のドアは、まだ施錠されていなかった。レジに人影も見えない。私は姿勢を低くして、中腰のままそっと店内に侵入する。入って数歩の右の棚、子供用のおもちゃコーナーにあの子はいる。大丈夫。私ならできる。息を殺して棚の前、そこに置かれた宝石箱に、青いクマを押し込む。その隣に輝いているのが私のピンクのクマの指輪。お待たせ、と小さく呟いてその子の顔を掴んだ時、私の手首も掴まれる。

「何してるんですか？」

あ、ヤバい。店員だ。それでも私に迷いはない。掴まれた腕を振り払おうと身を捩《よじ》ると、風が吹いた。一番好きな匂いの風。何が起きるかはわかってる。全身の血液が沸騰したように熱くって、私の瞳の中にはハート。額には恋の紋章。万引きの国の王子様、私をさぁ今、助けてください。せーの！

「誰か！警察！」

殴られた店員さんがそう叫ぶと、けたたましい防犯ブザーの音が店内に鳴り響く。ピリリリリって音は、私たちを祝福する鐘の音のようだった。世界中にある全ての教会が、一斉に鳴らしたみたいにうるさいけど。

並木さんの手をとって、私たちは店の外へと走り出す。また自転車に二ケツして、夜道をブンブン飛ばしていく。追っては来ない。これって、万引きになるのかな？　でも一個返したしな。売上的には変わらないけど、やっぱり窃盗にはなるんだろうか。ぽぅっとした頭で考えながら、私は右頬を彼の背中に埋める。温かい。そうだ。私の家、どこだか教えなきゃ。どっちにいけばいいか、並木さんわかんないもんな。でも今は、あともうちょっとだけこうしてたい。痺《しび》れを切らした並木さんが、目を閉じている私にキスをしてくれるまで、もう少し。もう少し。握りしめた右手の中はゴツゴツしていて、寝たふりをする私は愚か。

初出
「私は元気がありません」「小説トリッパー」二〇二三年夏季号
「ベストフレンド犬山」「yom yom」Vol.67
「万引きの国」「小説トリッパー」二〇二二年秋季号

長井短（ながい・みじか）
一九九三年生まれ、東京都出身。俳優、作家。雑誌、舞台、バラエティ番組、テレビドラマ、映画など幅広く活躍する。他の著書に『内緒にしといて』がある。小説集は本作が初となる。

私《わたし》は元気《げんき》がありません

二〇二四年二月二十八日　第一刷発行

著　者　長井短
発行者　宇都宮健太朗
発行所　朝日新聞出版
〒一〇四-八〇一一　東京都中央区築地五-三-二
電話　〇三-五五四一-八八三二（編集）
　　　〇三-五五四〇-七七九三（販売）
印刷製本　広研印刷株式会社

ISBN978-4-02-251964-1
定価はカバーに表示してあります
落丁・乱丁の場合は弊社業務部（電話〇三-五五四〇-七八〇〇）へご連絡ください。
送料弊社負担にてお取り替えいたします。